あなたの瞳に溺れて

エリザベス・ローウェル
今谷朝子　訳

MIRA®

TOO HOT TO HANDLE
by Elizabeth Lowell

Copyright © 1986 by Ann Maxwell

All rights reserved including the right of reproduction
in whole or in part in any form. This edition is published
by arrangement with Harlequin Enterprises II B.V./ S.à.r.l.

® and **TM** are trademarks owned and used
by the trademark owner and/or its licensee.
Trademarks marked with ® are registered in Japan and in other countries.

All characters in this book are fictitious.
Any resemblance to actual persons, living or dead, is purely coincidental.

Published by Harlequin K.K., Tokyo, 2010

あなたの瞳に溺れて

■主要登場人物

ビクトリア（トーリー）・ウェルズ……飛び込み選手。
ペイトン・サンダンス……………………トーリーの知人。スイミングクラブ後援者。
イーサン・リーバー……………………ペイトンのいとこ。サンダンス農場経営。
クッキー………………………………サンダンス農場の料理人。
ジェド…………………………………サンダンス農場の牧童。
スミティ………………………………サンダンス農場の牧童。
ダッチ…………………………………サンダンス農場の牧童。
ミラー…………………………………サンダンス農場の牧童。
ティーグ………………………………サンダンス農場の牧童。
ビリー…………………………………不良少年。

1

トーリー・ウェルズは使い古したスーツケースの取っ手を思わず握りしめた。大切に持ってきた手紙が目の前でずたずたに引き裂かれていく。まるで地面が足もとから崩れていくような気分だ。その手紙はイーサン・リーバーのいとこからのもので、彼女をサンダンス農場で雇ってくれないかという紹介状だった。

「あの、わたし……」彼女はけんめいに説明しようとした。

「何かのまちがいだろう」イーサン・リーバーはほっそりとした若いブロンド娘に鋭い視線を向けた。「ここにはプールなどないから水泳指導員はいらない。それに若い女も必要ないんだ。あれこれ泣きごとばかり言って仕事になりゃしないんだから」

「そんなことありません。もし泣きごとを言ったら首になさってけっこうです」トーリーはスーツケースを床にどんと置いて言い返した。

リーバーはいらいらしたように立ち上がった。「とにかくきみを雇うつもりはない。ここではきみはいらないんだ。がらがらへびにスケート靴がいらないようにね」

彼女はじっとイーサン・リーバーを見た。彼はいとこのペイトン・サンダンスとはまったく違うタイプの男だった。ペイトンはやせて背が高く、くせのない薄茶色の髪と青い瞳の、いつもきちんとひげをそっている男だった。いっぽう、リーバーはくせのある黒い髪に口ひげをはやし、まだ一時にもならないのに、もううっすらとあごのひげが伸びている。黒くて太い眉のせいで、冬の雨のように暗い灰色の瞳がいっそう際立って見えた。すくなくとも一九〇センチはありそうな浅黒いがっしりとした体格の彼が、一歩も譲らないといった目つきで彼女をにらんでいる。

ここまで必死で仕事を求めていなければトーリーは彼の強烈な印象にたじろいでいただろう。彼女はこれまで、男の飛び込み選手の形よく整った体を間近に見ても、こんなふうに熱い戦慄《せんりつ》を覚えたことはなかった。彼女は言いようのない恐ろしさを感じるいっぽうで、胸をときめかせている自分に気づいた。

トーリーは気持ちを奮い起こした。〃ペイトンがリーバーは気難しい男だと警告してくれたじゃないの。ペイトンは親切で感じがよく、南カリフォルニアのアマチュア競技会では有名な人なのに……でも、わたしはこれまでだってずっと気難しいとしか言いようのないコーチとやってきたんですもの〃いずれにしても彼女はサンダンス農場の仕事を手に入れなくてはならなかった。手もとにはあと二ドル六三セントしかないので、こんなアリゾナ北部のへんぴなところからでは、タクシーはもちろんバスで戻ることさえできない。

「ミスター・リーバー」彼女は絶望感や不安を感づかれないように注意して言った。ちょっとでも自分の弱さを見せたらマイナスになることを、彼女は小さいときから学んできた。

「リーバーと呼んでくれ」彼は厳しい口調で言った。「街中とは違うからね、ミス・ビクトリア・ウェルズ」

「からかっているんですか？」彼女は言い返し、仕事場を見まわした。壁には蹴爪《けづめ》がいくつも取りつけてあり、隅には編みかけの馬の毛のロープが下がっていた。「じゃあ、わたしのことはトーリーと呼んでください。みんなそう呼んでます」

リーバーが目を細めた。それを見て、トーリーは本に書いてあることはまちがっているわと思った。悪魔の瞳は黒だというが実際は灰色だ。彼女は彼の威圧的な姿を無視しようとした。彼には荒々しさや冷たさとは別の何かがある……。

「ミスター・サンダンスはここに来れば仕事があるとおっしゃいました」彼女は正直に言った。「その言葉を頼りに交通費をかけてやってきたんです。もしサンダンス荘のオープンがまだでしたら、何か農場の仕事でわたしにもできることがないでしょうか?」

今度はリーバーが彼女に注意深い視線を向けた。トーリーの短い金髪は南カリフォルニアの太陽にさらされて少し色あせ、瞳はエメラルド色というよりもっと明るい緑だ。水泳と飛び込みで鍛えた一七〇センチの長身が、日焼けして健康そうに輝いている。

トーリーは彼に見られてたじろぐような娘ではなかった。経験上、見られることには慣れていた。それにいつもなら濡《ぬ》れるといっそうフィットする競泳用の水着しか身につけていないのに、いまはベージュのコットンパンツにTシャツ姿なのだ。それでも彼の視線は執拗《しつよう》で、彼女はついには体を愛撫《あいぶ》されているような気までしてきて、驚きととまどいを感じた。息をひそめて目を見開いた彼女は胸の奥が熱くなるのを感じて、思わずため息をもらした。自分がどうなってしまったのかわからなかったが、男としての彼に好奇心を感じていることだけはわかった。

「破く前に読んでくだされば、わたしがよく働くことはわかっていただけたはずなんです」トーリーは必死で言った。

リーバーは彼女の体を値踏みするように見つめると、無愛想につぶやいた。「いや、けっこう。遊び相手なら小柄でセクシーでグラマーな娘《こ》がいい。きみは三つとも失格だ」

彼女は唖然《あぜん》とし、突然激しい怒りが込み上げてきた。「わたしはそんなつもりじゃ……ひどいわ、イーサン・リーバー！」彼女は震えながら言った。

「ペイトンからぼくがひどいやつだって聞かされてきたんじゃないのかい？」

トーリーは彼をにらみつけ、空手でも習っておけばよかったと思った。そして黙ってスーツケースを取り上げると、リーバーに背を向けて歩きだした。彼女は居間を通って玄関を出ると、足を使って背後のドアをばたんと閉めた。侮辱されたことを思うと胸が張り裂けそうに悔しかった。値踏みするような目つきにまた遭うくらいなら町まで三〇キロを、はってでも戻るほうがましだ。サンダンス農場は不毛の荒野より何百メートルも高地にあったが六月の日中は暑く、彼女はうっすらと汗をかいてポーチに立ち、長く伸びたほこりっぽい農場の道を見ていた。その道は狭い郡道に続き、郡道はサンダンス農場から一五〇キロ以内にあるたったひとつの町、マッサカークリークに続いている。

トーリーはその町でおもしろいのは町の名前だけだということを来るときに知った。町の外の標識には〝人口四〇一人〟ともっともらしく書いてあったが、彼女が見たのはサンナップカフェの前で蝿《はえ》を追いまわしているよく太った子犬たちだけで、住人がどこにいるのか想像もつかなかった。いつも人が集まってくる南カリフォルニアの沿岸から来たトーリーには、アリゾナ北部の人気のない大地はまるで外国のようで妙に心をひかれた。

けれどいまの彼女に必要なのはそんな風景ではなく、バスなどの安い交通機関だ。彼女はズックのずだ袋を肩にかけ、スーツケースのひび割れた取っ手をまた握りしめると、ポーチを下りてほこりっぽい砂利道に出た。暗くなる前に町に着きたければ、あれこれ迷っている暇はない。

彼女は日暮れまでに三〇キロも歩けるはずがないと思いながら、そのことは考えまいとした。荷物がなければ十分歩けただろう。辛辣《しんらつ》なコーチのもとでそれぐらいの距離をけんめいに泳いだ日もあったからだ。だが、問題はこのひざだ。

彼女は三週間前にひざの手術をしたばかりで、そのときの医者の言葉は思いだしたくもないほどショックなものだった。とりあえず、いまの彼女に必要なのは、回復するまでの時間とスイミングクラブの奨学金をまた受けられるようになるまで生活していくお金だった。

砂利道が普通の道に変わってほっとしたのもつかの間、わだちがあることに気づき、でこぼこした道の表面はそれまでと同じように油断できなかった。町へ行く安全で最良の方法は郡道を走る郵便車をつかまえることだ。ここに来るときにサンダンス農場あてのダイレクトメールと一緒に、戸口まで送ってくれた女性の親しげなおしゃべりを、もっとよく聞いておけばよかった。あの女性は農場の道をぐるっとまわって町に戻ると言っていただろうか？　それとも町の南端に出て北に戻ると言っただろうか？

もし後者なら郵便車で町に戻れる見込みはなかった。しかしヒッチハイクはいやだ。彼女は根なし草のような生活を送っている人の多い南カリフォルニアに住んだ経験から、見ず知らずの人は信用しないことにしていた。歩き続ければ最後にはきっと町にたどり着く。しかしヒッチハイクをすればそうとはかぎらない。

サンダンス農場から二車線あるアスファルトの郡道に出たときには、トーリーは汗まみれで手足もこれ以上ないほど痛んでいた。トーリーは苦しさに声をもらした。郵便配達の女性は、たしか郡道からサンダンス農場の家までは八キロあると言ったはずだ。ということは、信じられないが町まであと二二キロもある……。

「泣きごとを言ってはだめ。疲れるだけよ」彼女はひとり言を言った。「何か楽しいことでも考えないと。あの悪魔みたいな男をプールの底に引きずり込むとか……」

トーリーは伸びをするとにっこりして、リーバーが苦しそうにあえぎ、許しを請う姿を思い描いた。以前コーチから厳しい練習を強いられると、よくそうしてチームメイトたちと仕返しの方法を考えたものだ。だがリーバーに関しては、彼がトーリーを雇わなかったからといって彼女に謝る姿はどうもぴんと来なかった。そのかわり、彼女に身をかがめて、もうきみを離さないよと優しくささやく姿が胸に浮かび、そんな自分にショックを受けた。彼女はほかの男性たちから何年ものあいだに受けた影響より大きな衝撃を、ほんの二、三分のうちに彼から受けたのを悟った。それまでは恋をしたことも、望んだこともなかったのに、いまはイーサン・リーバーと愛しあったらどんなだろうと思う。

「そんなことになったらがらがらへびがアイススケートをするわ」彼女は顔がほてるのを感じてわざと皮肉を言った。「わたしのことを魅力がないと思っているに決まっているんだから。でも口は悪いけれど観察力は鋭い男だわ」

〝小柄でセクシーでグラマー……きみは三つとも失格だ〟

トーリーは彼の言葉に異議を唱えたかったができなかった。まず彼女は背が高い。ブロ体はゆるやかに丸みを帯びていたが、自分ではまるで色気がないと思っていた。

ンドの髪は軽やかで短い。セクシーな女性の第一条件はつややかなブロンドの長い髪が背中で揺れていること、第二は胸が豊かでハート形のヒップが歩くたびに揺れ、第三には常に男の気をひき、相手を完全にとりこにできることだ。

現実を見なくちゃ。あの男の気をひいたところで次にどうしたらいいかわからないじゃないの……。トーリーはそう思うと身震いした。彼女はチームメイトたちがぱっと恋に燃え、すぐに別れるのを幾度も見てきた。そして傷つくのはたいてい女の子だった。

トーリーは思春期に入る前から、愛情問題は犠牲を払うに値しないことだと思っていた。それまでの人生から彼女は男性に不信感を抱いていた。実父はまだ母と一緒に暮らしていたころ、娘が水泳の試合でどんなにメダルを取ろうと気づきもしなかったし、離婚したあとは姿を消し、娘に何か送ってくるどころかクリスマスカードさえよこさなかった。継父《ままちち》も似たようなものだった。彼は義理の娘にわずかなお金を出すのも嫌がり、おまえの父親は自分勝手なばか者で教育費すら送ってこないし、これからだってよこさないだろうよと彼女にしつこく言い続けた。母が仲に入ってくれることはほとんどなかった。母は男を見つけたことだけに夢中で、娘を支えることなどできなかったのだ。後にトーリーは、母の最初の結婚の三カ月あとに自分が生まれたのを知った。当時、母はやっと一七歳になったばかりだった。

継父がウィスコンシンに転任してからもトーリーはカリフォルニアに残り、スイミングクラブの三人の女の子とアパートで暮らした。週五日、夜の八時から二時まで近くのファーストフードのレストランで働いて生活していたが、やがて店長に見込まれて調理係に昇進した。夜の勤務と厳しい仕事の割に報酬はやっと生活が成り立つ程度しかなかったが、そこをやめて継父と暮らそうとは少しも思わなかった。店長が彼女の都合のいいように勤務時間を調整してくれたので、彼女もお返しのつもりでいっそう熱心に働いた。医師から最低三カ月は飛び込みをしないように言われたときは、トーリーは店に残って、これまでの二倍働いてお金をためたかった。

しかし彼女は最終的にはその考えを諦《あきら》めた。オリンピック出場に向けての過酷なトレーニングから彼女を引き離す決断をした医師は、彼女に一度いまの世界からすっかり離れて、異なった世界を見ることを勧めた。体をだめにする危険を冒すほど飛び込みに価値があることかどうか、よく考えて決めるようにとはっきり告げた。

トーリーはまたスーツケースを取り上げた。医師の言葉は考えたくなかった。彼の診断はきっとまちがっているのよ。ひざはよくなって、いままでよりもっと強くなるわ。自分の力を信頼して根気よくトレーニングを続ければできないことなどないわ。マッサカークリークに落ち着いて部屋代とカリフォルニアに戻るバス代をかせぐのよ……。「ひとつずつ片付けていかないと」彼女は気持ちを静めようとして言った。「飛び込みの試合と同じ、目の前のことだけを考えるの。そうしないとだめ。まず町まで歩いて、それから次のことを考えるのよ」

トーリーはアクアマリンに輝くオリンピックプールの約一〇メートルの飛び込み台に、爪先《つまさき》で立つ瞬間を想像した。プールの水が恋しく塩素の匂《にお》いさえなつかしい。体が弧を描いて舞い上がり、回転して水面に突入するとさわやかな水が受けとめてくれる。ああ、なんてすてき……。

トーリーはうなだれ、ずだ袋を背負い、まめのできた手でスーツケースの取っ手を握り、足を引きずりながら二車線ある郡道を歩きだした。抜けるような青空のもと、動いているのは自分だけだ。もっとも彼女は長く街に住んでいたので、ひとりぼっちであることにむしろ安らぎを覚えていた。

リーバーは放牧地をチェックしながら農場の南東の端を馬で進んでいた。今年の冬は湿気が多くて助かった。切り立った山の谷間に分厚く積もった雪が斜面でゆっくり溶け、牧草地を潤してくれた。あたりには雑草や野の花があぶみに触れるほど長く伸びている。それは彼がこの地域を五年間牧草地として使わせなかったためだ。せめてサンダンス農場の一部だけは曾《そう》祖父のころのままにしておきたかったのだ。

サンダンス川とジョーボーン川とウルフ川はさわやかな水にあふれ、沼地には鳥が集まり子育てに忙しい。だがリーバーは、騒がしい鳥たちよりもウルフ川に目をとめた。新鮮な鱒《ます》を味わえる季節がやっと来た。水はまだ冷たいが、魚は冬眠からさめ、卵からかえったばかりの幼虫を求めて緑の水面を泳ぎまわっているはずだ。澄みきった冷たい水と冬のあいだにすっかり腹をすかした鱒、それが釣り人の夢だ。

彼はふっと浮かない顔をした。たとえすばしこい鱒をしとめたとしても、料理人のクッキーがそれでうまい夕食を作ってくれそうもないことに思いあたったのだ。クッキーは近ごろ酔っ払ってばかりいる。そのうち雇い人たちが集まっても、夕食のテーブルに何も出てこないなんてことになるだろう。

リーバーはそっと呪《のろ》いの言葉を吐き、今度こそ別の料理人を見つけようと思った。二年もそう思い続け、実際に探したこともあったが、へんぴなところに来てくれる者を見つけるのは容易ではなかった。彼は馬の手綱を引いて尾根に立った。そこからは、輝く幾筋もの水が流れ落ちている段続きになった沼が見渡せた。いまそのひとつに太陽の光があたり、水面に映える緑は生命感にあふれていた。彼はこれほど心をひくものをほかに見たことがなかった。けさ、柳のようにしなやかな少女の好奇心に満ちた官能的な瞳に出合うまでは……。「ペイトン・サンダンスめ、今度おさがりの遊び相手などよこしたら、生っちろい皮をひんむいて納屋に張りつけてやるからな！」

馬は彼の声に黒い耳の先をぴくりと動かし、乗り手が急に緊張したのを察知してか、そわそわと足を踏み鳴らした。

「あの娘はきっと一七にもならないぞ」リーバーは苦々しげに続けた。「ものほしそうな緑の目と猫みたいにしなやかな体をした都会の妖婦《ようふ》。見ただけでこっちの手がむずむずする。彼女が振り返ったら……」

娘が首を少しかしげて瞳を輝かせ、何か言いながらかわいらしい唇を動かすのを思い浮かべると、リーバーの顔がほてった。あのとき彼はトーリーの甘い唇にキスをしたい衝動にかられた自分に驚き、腹立たしくなったのだった。娘に告げたとおり、愛らしくて役立たずの女はいらなかった。以前すでにそんな女がふたりいて、一六のころから彼女たちを養ったことがあった。今度もし女を見つけるなら少女ではなく一人前の女がいい。おとなしくて辛抱強くこの土地を深く愛してくれる女……彼はそんな女性をずっと探し求めていた。

馬はリーバーのくせをよくのみ込んでいて軽い合図ひとつで駆けだした。人と馬はいつものように風が吹いてくると立ち止まり広い農場を見渡した。肥沃《ひよく》な土地の匂いが風に乗って彼を包んだ。

それにしてもセクシーなあの娘を追い払って本当によかった。未婚の母になって強制認知訴訟を起こされたり、未成年の娘の非行の原因だと逮捕されるのはごめんだ。

それに、一度ものにすればすぐにこちらの興味はうせる。そうすれば娘はすねて農場はめちゃくちゃになる。若い娘は自分でどんなに大人のつもりでも、セックスを永遠の愛情の表現だと信じるところがある。そうだ、やはりビクトリア・ウェルズを受け入れないでよかったんだ。ペイトンが以前の相手にまた別の家を見つけてやればいいさ。それにしてもあの猫のようにセクシーな歩きかたにはまいった……。

彼は突然つき上げるような欲望に襲われ、うんざりしたようにため息をつくと手綱を取り、小道をたどった。川の水は馬の黒いひざの近くまであった。それでも馬は氷のように冷たい流れの中を、しぶきを上げ、小石をはね飛ばしながら進んだ。水滴が日の光に反射して数えきれない小さな虹《にじ》となり、きらきらと輝いた。急にリーバーはさっきとはまったく違う生き生きとした笑い声をあげた。

「ブラックジャック、おまえはあの川を渡るのが好きなんだろう？」彼は馬の首を愛情を込めてたたきながらたずねた。「きっとおまえの母さんにはビーバーの血がいくらか混じっていたんだな」

まもなくリーバーは、サンダンス農場の南東を見下ろすいちばんの高台に来た。馬はそこがリーバーのお気に入りの場所だと知っていて自分から立ち止まった。人の手に触れていない目の前の大地は青い地平線のかなたまで広がり、緑の草地のあいだを黒いリボンのように郡道がうねっている。

リーバーは何かがちらりと動いたような気がして目をとめた。彼はこの土地を熟知していたから、遠くからでも獲物に飛びかかる鷹《たか》の姿が空を横切るのや、牛が草を食べるゆったりとした動きなどはたやすく見分けられた。だが彼の注意をひいたものは鷹でも牛でも、驚いて飛びはねたうさぎでもなかった。それは郡道を歩いている人影らしかった。その姿はここからでは彼の親指にも満たない大きさだ。しかし彼は、それが四本足のけものではなく人間にちがいないと思った。

「おい、ブラックジャック、だれかのトラックが壊れたらしいぞ。助けが必要かどうか行ってみよう」

リーバーが手綱を引いて馬の向きを変えたとき郡道を走ってきた真っ赤な車が速度をゆるめるのが見えた。だが、車はとまったのにだれも乗り降りしない。やがてその車はまた全速力で走りだし、ふたたびUターンしてくると歩行者のそばを通り越し、またUターンして急ブレーキをかけた。リーバーは持ち歩いている双眼鏡を袋の中から取り出した。「あの車はメトロックのようだが」彼はレンズの焦点を合わせながらつぶやいた。「ビリーのやつ、きょうはだれをひっかけているんだ。だれかが行儀ってものをたたき込んでやらないと……」

リーバーは苦々しげに言葉を吐くと、ブラックジャックを駆り立てて全速力で高台を駆け下りた。

2

車がまた急ブレーキをかけ、きいっと鋭い音をたてた。トーリーは不安ではちきれそうな胸を必死で静めようとした。

三人ともほんの子供じゃないの。彼女は自分に言いきかせた。運転免許が取れるほどの年にもなっていないわ。しかし恐ろしさは拭《ぬぐ》えなかった。それにしても、この土地の子はなんて大きいのかしら！

「よう、ベイビー、おいで」赤毛の男の子がほこりだらけのフォードの窓から身を乗り出して誘いかけた。「かみつきゃしないさ。すくなくとも見えるところではね。わかるだろう？」

ひとりがひやかすと、うしろの席にいた少年たちがいっせいに耳障りな歓声をあげ口笛を吹いた。

トーリーはすべて無視した。車が最初に通り過ぎたときはもっといやな言葉を投げつけられた。運転していた少年がとりわけひどく、深夜営業のレストランに酔っ払いがコーヒーを飲みに来て、ウェイトレスをからかうときでさえ口にしないような、卑猥《ひわい》な言葉を吐いた。彼女はいやらしいことを言われたら無視するのがいちばんだと思っている。それ以外、どんな反応を示しても相手をおもしろがらせるだけだ。

トーリーは素知らぬふりをして歩き続けた。流し目を使ってしつこくせまる運転席の少年には「ありがとう。でもわたし、歩きたいの」と明るい声で断った。いまはまっすぐ前を向いて歩き続けるほかはなかった。さもなければ走るしかない。しかし彼女はまだ走ろうとはしなかった。それでも車のドアが開いたらすぐに道路沿いに張ってある有刺鉄線の柵《さく》の向こうにスーツケースをほうり投げ、柵をくぐり抜けて逃げる決心でいた。

そんなことまでする必要がないといいけどと彼女は思った。運転手の少年を除けば、ほかの仲間たちはいやらしいというより騒いで関心をひきたいだけらしかった。あの人たち、早くこんなことにあきてくれればいいけれど。それよりなにより、もしもわたしが柵をくぐり抜けたらもうそれ以上追ってきませんように……。ひざさえ持ちこたえてくれれば走って逃げられるはずだ……。ああ、でもこのひざ、これがいちばん心配だ。ずいぶん長く歩いてかなり痛くなっている。

鮮やかな赤い車がトーリーのすぐ前でとまり、運転席のドアが勢いよく開いた。トーリーは立ち止まって口論したり、懇願したり、何人外へ出てくるか見定めようなどとはしなかった。急いでスーツケースを柵の向こうに投げ、それから有刺鉄線でＴシャツと肌を引き裂きながら、必死で柵をくぐり抜けた。痛みさえ感じなかった。全速力でおよそ五〇〇メートル走って肩越しに振り返ると、運転していた少年だけがまだ追ってくる。ほかの少年たちは柵を越えはしたが、走るよりも鋭い口笛を吹いたり、げらげら笑ったりして騒いでいた。

トーリーはふたたび猛烈に走りはじめた。我ながら驚くほどの速さだった。そのときだ、彼女は馬が走ってくる雷のようなひづめの音を耳にした。イーサン・リーバーが大きな馬の首に低く身をかがめ、あっという間に横を通り過ぎていった。

運転していた少年はリーバーを見たとたんくるりとうしろを向くと、トーリーを追いかけていたときよりももっと速いスピードで柵のほうに引き返した。トーリーは倒れるように地面に座り込み、苦しそうにあえいだ。そして突然体を震わせて泣きだした。極度の緊張によって引き起こされたヒステリックな興奮が過ぎ去るまで、彼女は深呼吸をしてけんめいに気持ちを静めようとした。

リーバーはいつも鞍《くら》に携帯している輪になった長い投げ縄をほどいた。やがてリーバーの腕がさっと伸びたかと思うと、投げ縄の輪が少年のがっしりとした肩にするりとかかった。次の瞬間にはロープが締まり、ブラックジャックは走るのをやめた。

少年は両脚を高く上げたまま勢いよく尻もちをつき、その拍子に帽子が脱げた。彼はひと息つくとすぐに立ち上がろうとしてもがいた。ブラックジャックは後戻りし、少年をもう一度引っ張った。リーバーは手綱に軽く触れるだけでブラックジャックをくるりとひとまわりさせると、速歩《はやあし》でトーリーに向かっていった。少年がうしろで巨大なポテトの袋のように体をくねらせていた。

「大丈夫かい?」リーバーはトーリーのそばに馬をとめるとたずねた。

彼女は視線を上げ、彼の瞳の青白い炎に見入った。同時にロープの先にとらえられている無格好な少年がなんだか気の毒になった。彼女は返事をすれば声が震えてしまうことがわかっていたので、こっくりとうなずいた。

馬がうしろ足で回転し、急に後戻りしたので少年はまたもやぐいと引っ張られた。リーバーはゆったりと馬から降り、体の大きい少年の前に立ちはだかった。そして目が合うまでじっと待っていた。

「おまえの父さんが亡くなっていてよかったな、ビリー」リーバーはきっぱりと言った。「こんなばかなことをしたのがばれたら、おまえは柳のむちみたいにすっかり皮をはがされてたろうよ。なんならおれが代わりにやってやってもいいんだぞ」

ビリーはもうそれ以上リーバーの目を見ることはできず、トーリーに視線を向けた。彼女の青白い顔に汚れが筋になってしみついている。Tシャツが有刺鉄線にやられて破れ、少し血がにじんでいた。少年はすぐに彼女から目をそらした。

「つかまえてからどうするつもりだったんだ？」リーバーは低い、恐ろしい声で続けた。

ビリーは肩をすくめた。

リーバーは身をかがめ少年のシャツをつかんで立ち上がらせると、汚らしい魚か何かのように、腕を高くつき出してつり上げた。

「さあ言うんだ。何をするつもりだった？」

「べつに何もするつもりはなかったんだ！　嘘《うそ》じゃないよ！　ただちょっとおもしろかったから……ああ、いてて！」

「おもしろかった……」リーバーはひげの生えた口もとに軽蔑《けいべつ》の色を浮かべてにやりとした。「それじゃあ、おまえもブラックジャックに引っ張られてさぞおもしろかっただろうな、どうだ？　違うか？」

ビリーはリーバーの暗い瞳から目をそらした。

「答えろ！」リーバーの声が怒りに燃えた。

ビリーは震えながら答えた。「い……いいえ」

おびえきったそのひと言でリーバーが手を離すと、ビリーは地面に倒れた。

「いいか、よく聞くんだ」リーバーは厳しい視線のまま声をやわらげて言った。「女の子に悪さをして浮かれ騒ぐのはこれが最後だ。おまえは体は一人前だが、へびみたいに卑怯《ひきょう》なやつだ」リーバーは冷たく言った。「もうたくさんだ。またこんなひどいことをしたら、一生忘れられないようにしてやる。いいか、わかったな?」

ビリーは黙りこくってうなずいた。

「それ以外に言うことはない。さあ立つんだ」

ビリーはびくびくしながらあわてて立ち上がった。彼はリーバーとだいたい同じくらいの背丈だったが、年上のリーバーの持つ力強い筋肉や厳しい経験には太刀打ちできるはずもなかった。

「さあ、早く行け。さもないとおれはおまえの父さんをどんなに好きだったかを忘れて、ブラックジャックにおまえを引っ張らせたまま、ロープがはずれるまでやめないかもしれないぞ」

リーバーは手首をすばやく動かしてビリーの肩から投げ縄をはずした。

リーバーは少年が三メートルほど行ってから背中に声をかけた。「この人のスーツケースを拾ってサンナップカフェに持っていくんだ。それからな、ビリー……」

体の大きな少年が振り返った。

「まともになってくれよ」リーバーはロープを巻きながら言った。「彼女の荷物はあのままだから、自分のしたことをよく見るんだ」

リーバーはビリーがのろのろと柵まで歩いていき、トーリーのスーツケースをさっと取り上げるのを見ていた。車が町に向かって走り去っていくとリーバーは投げ縄をもう一度鞍につけ、トーリーを立ち上がらせようとして振り向いた。しかしその必要はなかった。彼女はすでに立ち上がり、右足を少しかばいながら柵のほうに歩いていた。

「どうするつもりなんだ？」リーバーはたずねた。

トーリーは汚れた腕で額を拭った。「一時間に三キロぐらい歩けるわ」彼女はかすかな声の震えに気づかれたくなくて、口もとをゆがめてほほえんだ。いまは最悪の状態だ。まるでヒステリックな審査員の前で午後じゅう飛び込みをしていたように、へとへとに疲れて自分を見失っていた。彼女は不安を外に出さないように精一杯気をつけながら立ち止まると、肩越しにリーバーを振り返って言った。「ありがとう。おかげで助かったわ」

リーバーはトーリーがまた歩きだしたのを驚いた顔で見つめてから、彼女に追いついて言った。

「車はどこで壊れたんだ？」

「車は持っていないわ」

「免許を取るには若すぎるんだね？」

トーリーはその言葉が信じられなくてぱっと彼のほうを振り向いた。一瞬、彼女の髪が太陽にきらめいた。リーバーが本気で言ったのはひと目でわかった。「今年の夏で二一になるわ」彼女はきっぱりと言った。

「本当かい？」リーバーはほっとした声を出した。彼はトーリーのようにひどく若く見える女性に魅力を感じて興奮するのがいやだった。いつも相手は自分と同じくらい経験の豊かな大人の女性であってほしかった。

トーリーは心の中で一〇まで数え、それから二〇まで数えた。リーバーからわざわざ不思議そうな顔で見られなくても、自分がセクシーなブロンドと言えないことはわかっていたし、いつもならそんなことは気にならなかった。グラマーになって、飛び込み台から飛び込むときに体の大きい乳牛みたいに見えるのはごめんだったからだ。しかしイーサン・リーバーのように生々しい男の魅力を持った男性から少女のように思われたのを知ると、わけもなくいら立ちを覚えた。

「車でないならどうやって農場まで来たんだ？」彼はゆっくりと太い声でたずね、トーリーの首から口もとにかけてのデリケートな曲線に視線を向けた。暗く厳しい彼の瞳に温かい光がともった。彼は、キューピッドみたいな彼女の弓なりの唇がそっと開いて愛を誘うときは、どんなに愛らしいだろうと思った。

「郵便配達のトラックで来たの」彼女はそっけなく答えた。

「帰りはメリーとどこで会う？」

「メリー？」

「郵便配達の女性だ」リーバーはにやりとして言った。

「まあ、あとで近くに来るの？」

リーバーは信じられない気がしたが、トーリーが農場から郡道までではなく、どうやらマッサカークリークまで歩くつもりらしいのを知ると、怒りと驚きの入り混じった気持ちが込み上げてきた。彼はさっとトーリーの腕をつかんで彼女をとめた。

「町までどのくらいあるかわかっているのかい？」彼はぶっきらぼうにたずねた。「いま何時？」

彼は顔をしかめ反射的に答えた。「一時ごろだ」

「それじゃあ、ここから町まで約二〇キロだわ」

リーバーは信じられないような顔つきをした。「気が変になったのかい？」

「いいえ」トーリーは彼の目を見てきっぱり言った。そしておなかがすいてのどがからからなことも、赤く皮がむけた手がひりひりし、ひざが痛むことも黙っていた。そんなことを言うつもりもなかった。リーバーは彼女をひと目見てすべてに役立たずだと決めつけたあげく、いま思いだしても不愉快な言葉で侮辱し、追い返したのだ。こんないかつい顔のカウボーイなどに泣きごとを言うくらいなら、トーリーははってでも自力で町へ戻ったほうがよかった。

「だったらきみはばかだ」リーバーが言った。「さもなきゃ、ハイウェイでものほしげにお尻を振るのが好きなんだろうな」

「ものほしげにですって？」トーリーはかっとしてにらんだ。「ひどいわ、この悪魔！」彼女は自分の口をついて出た言葉に驚いた。トーリーはコーチからもっとひどい言葉で侮辱されたこともあった。しかし、それでもイーサン・リーバーに言われたこのときほど腹が立ったことはなかった。「歩いていたのはほかに町に戻る方法がないからよ！」

「ぼくに言ってくれたら……」リーバーは言った。

「いつ？」彼女は口をはさんだ。「売春婦だと思われて断られる前に？　それともそのあとで？」

リーバーは気難しそうに口の中で何かつぶやいた。トーリーは取り合おうとはせずにすぐにくるりと向きを変え、さっさと柵のほうに向かっていった。聞く必要のないことまで耳にしてしまった。くだらない人間と近づきになるのはまっぴらだ。貧しくて車が買えないために、変に誤解されて非難されたと思うとむしょうに腹が立った。

「マッサカークリークに行くバスは三日間はないんだ」リーバーはらくらくとトーリ

ーに追いついて言った。

彼女は肩をすくめた。三日でも三時間でも三週間でも、切符を買うお金がないのだから関係なかった。彼女はサンナップカフェなら料理人かウェイトレスか皿洗いか、さもなければガスレンジの上の油よけをそうじする者がいるだろうと思った。仕事はなんでもよかった。ちゃんとした仕事であれば、うるさく注文をつけるつもりはなかった。

リーバーは横目でトーリーをじっと見つめた。彼女は若く、ふるいつきたいほど刺激的だった。豊かな金髪はシンプルなスタイルにカットしてあり、日に焼けて部分的に少しつやを失ってはいたが、美容院で高いお金をかけて整えたのとは違った自然な雰囲気が漂っていた。さらに彼女はネックレスやブレスレットはもちろんのこと、安い銀の指輪さえも身につけていなかった。着ているTシャツはだぶだぶで色あせ、スラックスはすその折り返しがすり切れている。テニスシューズは布地よりも穴のあいた部分のほうが多いほどで、流行のブランドものの商標マークなどはついていなかった。

「待つんだ」リーバーはもう一度トーリーの腕をつかんで言った。荒々しい声だったが、その手は優しかった。彼も若いころずっと貧しかったので、彼女には金がないのだとすぐにわかった。「うちの使用人に町まで送らせよう」

トーリーは驚いて彼を見つめた。彼女はリーバーの助けなど期待していなかった。

「そうするんだ！」リーバーは突然叱《しか》りつけるように言った。「この寂しい道を歩かせるやつがどこにいると思う？」

リーバーが合図するとブラックジャックが黒い耳の先をぴんと立てて、リーバーのところに速歩で駆けてきた。彼はさっと馬にまたがり左のあぶみを蹴《け》ってトーリーを見下ろした。彼女は大きな緑色の瞳を、まるで好奇心いっぱいの子猫のように見開いていた。リーバーは手綱を右手に持ちかえると左手を彼女に差し出した。

「さあ早く」

「早くって？」トーリーはリーバーを見上げてたずねた。彼女には馬もリーバーも山のように大きく見えた。

「乗るんだ」彼はいらいらして言った。

「どうやって？」

リーバーは自分の耳を疑い、一瞬じっとトーリーを見つめたあと、右足を鞍から引き抜いて、彼女の前にひょいと飛び下りた。

「都会育ちだな」彼はつぶやいた。「雄豚の乳首みたいに役立たずだ」

リーバーはそれ以上何も言わずにトーリーを軽々と抱き上げて鞍のうしろに乗せ、つぎに自分の左足をあぶみにかけて右足を前からまわすと具合よく鞍にまたがった。その動作があまりに速かったので、トーリーは何がなんだかわからなかった。リーバーはいつも気楽に馬に乗っているにちがいない。

「つかまっているんだ」

トーリーは言われたとおりにした。彼女は鞍のうしろのなめらかにそり上がった部分を両手でつかんだ。ブラックジャックがすごいスピードで走っているような気がしたが、実際は人が元気よく歩いているのと変わらない速さだった。手のまめが破れたので鞍につかまっているのは難しく、皮がむけて赤くなったてのひらからは血の混じった液体がしみ出てきた。

それでも何分かすると、彼女はブラックジャックが歩くリズムにも慣れてきて、始終びくびくしていなくてもすむようになった。呼吸も楽になった。地面からの高さは、それまでいろいろな高さの飛び込み台から飛び込んできたおかげで平気だった。

リーバーはトーリーが苦心しているのを察して馬をそのままゆっくり歩かせた。自分の体につかまるようにと言うこともできたが、彼はそう言わなかった。ちょっと前に彼女に一瞬触れただけの手がまだ熱いような気がしたからだ。彼女は彼が思っていたとおり柔らかいと同時に、驚くほど引き締まった体をしていた。

リーバーはさっき町まで送らせようと言ったとき、彼女がとても驚いたことにまだ腹を立てていた。〝よっぽど物わかりの悪い男だと思われているらしい。彼女はきっと落ちそうになってもぼくにつかまろうともしないだろう。それならそれで落ちてもしかたがないさ〟

しばらくのあいだあたりには空高く舞い上がる鷹《たか》の鳴き声と、静かなひづめの音しか聞こえなかった。ブラックジャックは歩く合図しか送ってこないくつわの馬銜《はみ》を残念そうにかんでいた。リーバーはそれまでのことを最初から思い返し、苦々しい思いにかられた。けさ彼が目を上げると机の前に少女のような女が立っていた……。かすかに首をかしげた緑色の瞳を見たとたん、彼の身も心もかっと燃えて……。

リーバーがブラックジャックの手綱をあやつってウルフ川に向かう小道をたどっていたとき、馬が地面すれすれに飛ぶ鷹の影に驚いて突然横に飛びのいた。リーバーは馬の動きを自分の肌の一部のように知りつくしていたので反射的に対応できたが、トーリーはそうはいかなかった。次の瞬間、彼女のヒップが馬の背からはずれた。彼女は必死で鞍につかまろうとしたが、皮のむけたてのひらがすべるだけだった。

「リーバー！」

トーリーの叫び声にリーバーははっとしてすばやく振り向き、彼女をすくいあげると驚くほどの力で彼女をもとどおり鞍のうしろに座らせた。ブラックジャックは鼻を鳴らし横に足踏みをしている。トーリーは息を切らしながら、もう一度けんめいに鞍をつかんだ。

「ちくしょう」リーバーはいら立ってつぶやいた。「落ち着くんだ」

トーリーは言われているのが自分なのか馬なのかわからなかった。彼女は唇をかみ、驚きやすいこの動物が次にはどちらに飛びのくか見当をつけようとした。ブラックジャックは鼻を鳴らして振り向き、なぜ道の真ん中で突っ立っているのかと言いたそうにあぶみに口をあてている。リーバーがかかとでそっとつつくと馬は速歩で進みだした。リーバーには振り向かなくてもトーリーがまたバランスを崩すのがわかっていた。

「無器用なやつだ」彼は吐き捨てるように言った。「ぼくにつかまるのがいやならベルトにつかまるんだ」

トーリーはリーバーの広い肩とたくましい背中、そして引き締まったウエストへと視線を向けた。彼に触れることを考えただけで自分が頼りなく思え、同時に熱い好奇心がわき上がるのを感じた。彼女はためらいがちに右手を上げて気がついた。言われたとおりにつかまったら彼の服を血だらけにしてしまう。傷ついた手でけんめいに鞍をつかもうとしたので、てのひらは皮がむけて真っ赤になっていたからだ。

「だめよ」トーリーは小声で言った。「あなたの服が……汚れるわ」

「汚れる？」リーバーは不服そうに言った。「言っておくがぼくは農場主だよ。カウボーイの格好をまねたやさ男じゃないからね。ちょっとぐらい汚れたからって気絶はしない」

トーリーは何か答えようとしたが、そのときブラックジャックが筋肉の張った大きな尻を急に横に振ったので、声がつまった。馬は自分の背にトーリーをもっとバランスよく乗せようとしたのだが、彼女にはそれがわからず、また落ちそうになった。

リーバーはすごい勢いで乱暴な言葉を吐くと、手綱を離して両手をうしろに回し、トーリーをすばやく自分の体にしっかりとつかまらせた。そして血だらけのてのひらを見たとき、彼女がなぜうまく鞍につかまれなかったのか、そしてなぜ服を汚すのを気にしていたのかがわかった。

「いったいきみには感覚がないのか？」彼は怒った声でたずね、トーリーの手をつかんで顔を近づけた。まめが破れてぎざぎざに皮がむけているのがはっきりと見える。柔らかい肉がほこりと血で汚れていた。「なぜ何も言わなかった？」

トーリーはふんと皮肉っぽく笑った。「そうすればあなたはわたしが甘ったれているって怒鳴ったわ、違う？」彼女はそれまで何をしても彼を怒らせるだけだったのでかっとなって言った。

振り向いて肩越しにトーリーを見たとたん、リーバーの体全体が緊張した。彼女の顔はほこりにまみれ、日焼けした肌は青白く、口のまわりは疲労のためか色をなくしていたが、それにもかかわらず挑発的だった。瞳は緑の炎のように怒りに燃えていて、悩ましげに揺れる女性の腰の動きよりも刺激的だった。彼はますます興奮し、体じゅうの血がたぎった。

リーバーはことさら静かに言った。「こちらに手を出させるようなことは言わないでくれ。おたがい後悔するから」

「わたしが？　手を出させるですって？」トーリーは頭にきて一語一語かみつくように言った。「あなたは……」彼女は口をつぐんだ。本当はうんと手厳しい表現でリーバーにかみついてやりたくてたまらなかった。しかし思いつくのはビリーやその仲間がつかった下品な言葉だけだ。そんな言葉を口にして彼らの仲間入りをするのはごめんだった。

「そうさ、きみがだ」リーバーは断言した。

トーリーは悔しい思いを胸にしまい込んだままうっすらと口を開け、震えながらまっすぐにリーバーの瞳をにらんだ。

彼女はまるで天から飛び込むような気がしていた。体が落ちていき、旋回し、回転する。しかし自分は少しも動いていないのだ。まわりがぐるぐるまわっているのに自分は空中で静止し、彼の灰色のまなざしに包まれて動けない。そして体じゅうを燃えるような熱さが貫く……。

トーリーが無意識にかすかなため息をもらすと、リーバーの筋肉が引き締まり、彼は息が苦しくなった。彼は自分をコントロールすることの難しさにショックを受けた。

「やめろ」リーバーはトーリーの大きな瞳から目をそらすことができなかった。

「やめろ？　何を？」彼女はぼんやりとかすれた声でたずねた。

心を奪われながらじっとトーリーを見ていたリーバーは、それまで自分がトーリーをペイトンの遊び相手だと誤解していたことに気がついた。トーリーにはそんな経験はない。彼女はふたりのあいだにいま何が起ころうとしているのかも気づいていないし、柔らかな唇やかわいらしい声が意味するものも知らない。だが彼女は、彼がこれまでにつきあったどんな女性よりもすばやく、しかも深く彼の心をひきつけた……リーバーはこの娘はバージンなのではないだろうかと思った。

「きみは本当に知らないんだね？」彼はささやき、彼女ののどもとに思わず触れた。なめらかな皮膚の下で血潮が激しく脈打っていた。

彼女は彼の愛撫《あいぶ》にこたえるように唇をかすかに震わせた。リーバーはこらえきれなくなって身をかがめ、トーリーに唇を寄せてかぐわしい香りを吸い、なおも震える唇をたどった。指先に感じる彼女の鼓動がいっそう激しくなった。

リーバーは祈るような気持ちで慎重に唇を離した。うっすらと閉じた彼女の瞳がかげり、呼吸がかすかに乱れている。トーリーの唇はコンパスの針が磁石に反応するように彼の口もとにひきつけられた。彼は何か吐き捨てるようにつぶやくと、さっと顔をそむけた。

「リ……リーバー」

「忘れるんだ」彼はぶっきらぼうに言った。「ぼくは経験がありすぎて、きみのように都会育ちでうぶな娘の最初の相手にはなれない」

トーリーはひるんだ。彼女はリーバーの広い背中に、あなたみたいにうぬぼれが強い人には世界じゅうで男がたったひとりしかいなくても、指一本触れないわと叫んでやりたかった。しかし、込み上げる熱い情熱にそんな思いは圧倒されてしまった。リーバーはトーリーの手が腰にまわされると困るので、ブラックジャックをわざとゆっくり歩かせた。それというのも、うぶな彼女がもし興奮した彼の体に触れたらびっくりするに違いないと思ったからだ。

ブラックジャックは、くつわの馬銜が急に締まったので頭を振り上げ、急に斜めに小刻みに歩いた。トーリーは驚いてリーバーにつかまった。彼にはウエストバンドの内側にくい込んだ彼女の指が、焼きごてか何かのように思えた。彼は動揺した自分をいましめ、この調子では農場に戻れないと思って急にブラックジャックを止めると馬から降りた。

「見たとおりに澄んでる?」トーリーがいきなりたずねた。

リーバーがさっと顔を上げた。「え?」

トーリーは話しかけたのを後悔しながら唇をかみしめた。自分のすることすべてがリーバーをいら立たせるような気がする。彼の目は冬の嵐《あらし》のように冷たく恐ろしかった。彼女はむりにつばをのんだ。でも、あまり口が乾いていたので、黙っていたくても言葉が口をついて出た。「お水」トーリーはしゃがれた声で言った。「飲んでも大丈夫？」

リーバーは厳しい灰色の目を、まるで初めて見るかのように川に向けた。「ああ」

トーリーが降りるのにあぶみは遠かった。それにつるつるすべる手では鞍につかまってうまく着地できそうにない。彼女はしかたなく両脚をそろえて飛びおりた。

地面はプールの水より固かったし、ブラックジャックのたくましい背中が動いて着地点がぐらつき、おまけに負傷したひざをかばったのでバランスが崩れた。彼女には右足で自分の体をささえるか、ぶざまに倒れるかしかないとわかって倒れるほうを選んだ。彼女はその衝撃を肩で受けとめようとして体をひねった。

頑丈な手がトーリーをつかんで立ち上がらせた。「きみみたいに若い人がそんなに無器用だなんて考えられないな」リーバーはすぐに彼女を放すと、うんざりして言った。「それともさわってほしくて演技しているのかい？　そんなことをしても何もならないぞ」

彼女はたったひとこと言い返してやりたかったがその言葉は下品なのでつかいたくなかった。彼女はそっとリーバーから離れて流れに向かった。彼女は川のふちにある太陽で温まった平たくて丸い石に腹ばいになり、頭を下げて銀色に輝く水面から水をすすった。水は冷たく甘くさわやかで、まるで冬の月の光のようにかぐわしかった。トーリーは気持ちよさそうにため息をつき、皮がむけて赤くなった両手を透明な水に浸すと、また頭を下げゆっくりと左右に動かしてほこりと汗を拭い去った。

リーバーはそれを見て強烈なショックを受けた。トーリーは水に浸った喜びに満ちあふれていて、川そのもののように清らかで自然だった。彼は自分も同じように水を味わい、ひんやりとさわやかにのどをうるおしたかった。顔を拭い、汗やほこりやすべての汚れを落とし、あふれる喜びに満たされたかった。

リーバーは彼女の手もとを流れる水に触れたい一心で、無意識のうちに彼女のすぐそばの下流にひざまずき、銀色に輝いてさざめく流れに両手を浸した。

トーリーはまだ水に顔を浸していて何も気がつかなかった。彼女はのどの渇きをいやし、燃えるようにひりひりする手の痛みを静めてくれる山あいの流れに夢中で身をまかせていた。

「そんなに水につかって、いったいどうしようっていうんだ」しまいにリーバーはたずねた。

トーリーはちらりと振り返り、さざめく水面《みなも》のように軽やかな笑い声をあげた。

「ご心配なく。もし溺《おぼ》れたら、あなたが言ってたがらがらへびが地獄の火の中でアイススケートをするわ」

リーバーは気難しそうに口もとをゆがめた。「水の中だと元気がいいんだね？」

「まあね」彼女は言い、立ち上がりぎわに右ひざを石にぶつけてちょっとひるんだ。

彼女は無意識にだぶだぶのTシャツで顔を拭《ふ》いた。そんなことをすれば日焼けした肌がちらりとのぞくとわかっていても、べつに気にもならなかった。彼女はいつも濡《ぬ》れた体をなんでも手近なもので拭いていたし、それに裸同然の格好でいてもまわりの男性にまったく無視されてきたのだから。

リーバーはトーリーの矛盾した行動がわからなくなって顔をしかめた。さっきはちょっと触れただけでこちらまでどうかなりそうなほど興奮したのに……この娘は自分のしていることに気がついていない。うぶに見えるが自分でそれを意識していない。まるで猫のようだ。それでいてちっとも下品なところがない。きっと彼女は自分の体が欲望によってどうなるのかも、男たちがどんなに彼女の魅力にひきつけられているのかも知らないのだ……きっと彼女はまだ性に目覚めていないのだろう。

彼はもし自分が彼女を目覚めさせたら、と思うと体の芯《しん》がうずいた。

トーリーがそばに行くとブラックジャックは濡れて顔にはりついた彼女の髪に優しく鼻先を寄せた。なめらかな鼻づらにくすぐられ、草の匂《にお》いのする息を吹きかけられた彼女はうれしくなり、そっと笑い声をあげた。

「何？」彼女はふいに脚を引っ張られるのを感じて息をとめた。

「脚を開いて」リーバーはもどかしそうに言った。

彼女は黙って振り返り彼をじっと見た。

彼は右手をトーリーの背中から腰にまわして彼女を持ち上げると右の太腿《ふともも》の内側に力を込めて脚を開かせ、いとも簡単に彼女を鞍に乗せた。

彼女がぱっと頬を染めたのを見て、彼はやはり自分の不安が的中したと思った。彼女は男との接触に慣れていないにちがいない。地獄のように情熱的で天国のように清らかな処女……触れれば熱すぎてぼくにはどうしようもない。「うしろに乗るから気絶するなよ」彼はわざと素っ気なく言った。

トーリーは彼がひらりと馬にまたがってから、初めてその意味がわかった。彼女ははっと驚いて体を前に寄せ、彼からできるだけ離れようとした。

鞍は大きかったがリーバーも大きい。しかも鞍は乗り手が安定するように前後が高く中央が低くなっている。そのため彼女は彼にぴったりと寄り添うように体重をかけるしかなく、ふたりはともに頬を染めた。彼はただ、彼女があまりに未経験なので自分の興奮状態を知られることはないだろうと思い、いくぶん胸を撫《な》でおろした。ブラックジャックの背が揺れるたびにふたりはいっそう緊張した。

「ねえ、わたしたち……」トーリーが何かたずねようとしたとたん、馬が勢いよく前に踏みだし、彼女は彼の熱い太腿のあいだにすべり落ちた。

リーバーは彼女が息をのみ、胸を震わせて緊張したのを感じた。

彼女はまた体を前に移動したが、どうしてもすべって後戻りしてしまう。困ったトーリーは今度は腰を動かして、なんとか彼の欲望の証《あかし》に触れない位置を見つけようとした。

「だめだ」彼は低い声で言って右手を彼女にまわしてしっかりと押さえた。「動くんじゃない」

「もう一度うしろに乗せて！」彼女は必死で言った。

「何秒もしないうちに落ちるだけだ」

「でもわたし、ここまでちゃんと……」

彼女はそう抗議したとたんに悲鳴をあげた。馬が無邪気に飛びはね、水しぶきを上げながらうしろ足のくるぶしまであるウルフ川に入っていったのだ。彼女は必死で鞍の頭をつかんだが、落ちないですんだのはリーバーがしっかりとつかまえてくれたからだ。

彼は彼女の感触を無視しようとした。だが馬が向こう岸に着くまでに、リーバーは彼女のぶかぶかのTシャツの下で乳房が息づいているのに気づき、自分の予想どおり彼女もやはり熱い思いで求めているのを知った。それというのも、馬が飛びはねて手綱をずらしたとき、彼の指に硬くなったトーリーの胸の先端が触れてしまったからだ。トーリーはあっと声をもらしたのを知られたくなかった。だが耳まで赤くなったのは見られたにちがいない。彼女が身を硬くし彼を避けようと体を傾けたとたん、彼は怒ったように何かつぶやくと一方の手をまわし、彼女をしっかりと鞍にかけさせた。

彼女がときめきととまどいを覚えたとき、彼の手がそっと胸もとをささえるのを意識した。Tシャツの下でぴんと張った胸の先端が、ブラックジャックのリズミカルな動きに合わせてリーバーの腕の中で優しく揺れる。彼女は彼から少しでも離れようと体をひねったが、かえって体をいっそう強く押しつけるはめになった。

「頼むから体の力を抜いてくれ」リーバーは厳しい口調で言った。「きみの胸などないも同然だから、こっちもいい気分になりゃしないよ」

彼女は一瞬耳を疑ったが、やがて恥ずかしさでいっぱいになり、顔がほてってきた。彼女は農場まで黙りこくったまま、大柄の失礼なカウボーイなんか溺れさせてやればよかったと後悔していた。

3

リーバーとトーリーはふたりともむっつりとして農場に向かった。黒い帽子に黒い髪、荒削りの男らしい輪郭のリーバーの顔は威厳があって近寄りがたく、きゃしゃな顔立ちのトーリーとは対照的だ。しかし、大きく見開いた彼女の瞳は緑の炎となって燃えさかり、悪魔のような情熱を秘めていた。農場が見えるころには、トーリーは失礼なカウボーイを溺《おぼ》れさせる方法を驚くほどたくさん考えついたが、いったいどうすれば彼に触れないでそれが実行できるかがわからなかった。

結局、彼女はつまらぬことを考えるのはやめて、とにかくブラックジャックから降りたら二度とイーサン・リーバーには触れまいと思った。

リーバーの腕の下でトーリーのおなかがみじめに鳴った。〝この娘は朝食を食べる時間がなかったらしい。きっと昼食も食べなかったんだ。たとえ時間があったとしても金がなかっただろうし……〝近くで見ると、彼女の服は彼が思っていた以上にぼろぼろだった。おまけに柔らかい肌が鉄条網に引き裂かれ、血がにじんでいる。

リーバーはトーリーを叱《しか》りつけたらいいのか、それとも母猫が子猫にするように優しくなめてきれいにしてやったらいいのか、わからなかった。ただ彼女に対するこの気持ちは、けっして親のような感情でないことだけは確かだった。さっき小さなヒップが彼の太腿《ふともも》のあいだで揺れ動いたときはどうかなりそうだった。彼は背中や手が傷だらけのこの少女に、帰り道で狂おしいほどの欲望を感じていたので、同情を感じる余裕さえなかった。

ブラックジャックが大きな囲いの前で止まると、トーリーのおなかがふたたび激しく鳴った。

「ああ!」リーバーはつぶやいた。彼の手の下で彼女のおなかがなおもぐうぐういっている。「町へ送る前になにか食べさせてほしいんだろう?」

トーリーはきっと唇を結んだ。「ごちそうしてくれてもいいはずだわ」彼女はさらりと言った。「わたしに借りがあるでしょ?」

「どういうわけで?」リーバーは馬から降りながらきいた。

リーバーがさっさと馬から降りてしまったのでトーリーは腹が立った。この疲れきった脚では自分の体重をとうていささえきれないだろう。馬から降りたとたん、ぶざまに腹ばいに倒れ、リーバーの言葉を地で行くだけだ。〝無器用で役立たずの都会育ち……〟彼女は歯を食いしばった。なぜわたしはこんな筋肉だらけで冷たい目つきの、悪魔みたいな男に振りまわされているのだろう。砂ぼこりの中でひざまずき、自分が彼の好きなタイプじゃなかったことを神に感謝したいくらいだ!

「馬に乗っているあいだ、ずいぶんわたしを楽しんだんですもの、九品ぐらい出るお食事をごちそうしてくれても当然なんじゃない?」トーリーはにらむようにしてリーバーを見下ろした。

「お嬢さん」彼はゆっくりと意味ありげな視線を彼女に向けて言った。「ぼくがきみに手を出していたら、いまごろそんな文句は言っちゃいられないよ……満腹してるはずだからね」

リーバーの意味ありげな瞳とほほえみにトーリーは一瞬うっとりとしたが、次の瞬間、彼女は目を閉じ、けんめいにつばをのんで言った。「カウボーイって、内気で謙虚でそんないやらしいことは口にもしない人たちだと思っていたわ。でもあなたは違うのね、イーサン・リーバー。あなたは傲慢《ごうまん》で、最低の言葉ばかり吐いているわ」リーバーは恐ろしい顔でにやりとした。「なんとでも言え」彼は低く、太い声で言った。「ぼくがどんな男か、いまにわかる」

ブラックジャックは大きくため息をつくと、囲いに入って早く鞍《くら》から解放されたいそぶりを見せた。

馬が動いたとたん、トーリーはあわてて鞍頭をつかんだが、てのひらがすべるためにひるんだ。リーバーはすぐに気がついたものの、手を差しのべもせずに何かぶつぶつ言って帽子を脱ぎ、髪をかき上げた。彼はトーリーがバランスを崩しながらもどうやら落ち着くと、今度は彼女に触れないですんだことにほっとしながら、ほこりまみれの黒いカウボーイハットをかぶり直した。彼女のしなやかな体に触れたが最後、彼はそれこそ一週間もその場につっ立っていても不思議はないくらい興奮してしまうにちがいない。

「降りてくれ。ブラックジャックも食事をしなきゃならない」リーバーは言った。「馬もぼくと同じに疲れているんだ」

ついに運命の時が来た。リーバーの足もとに、どさりと無格好に落ちるのだ。「あっちへ行ってて」トーリーは念を押すように言った。

「だめだ」彼は穏やかに言ったが、口ひげに隠れた口もとがうっすらとゆがんだ。「ぼくの手がいるんじゃないのか?」

「がらがらへびにスケート靴がいるみたいに?」彼女は早口で言った。「がらがらへびは、一時間馬に乗ったくらいで足ががたがたになったりはしないぞ」

「がらがらへびには……」

「足がないって言うんだろう?」リーバーは口をはさんだ。「都会っ子にしては頭の回転がいいね。さあ、お嬢さん、早く降りるんだ。それともひとりじゃ降りられないって言うのかい?」

トーリーはリーバーを見つめ、憎たらしいカウボーイを溺れさせるたくさんの方法を思い起こしていくらか気分がすっきりしたが、体重をブラックジャックから自分の脚に移す難問はまだ解決できない。彼女はリーバーがしたように右脚をブラックジャックの尻の上から回してゆっくりと降りようとし、右脚を半分動かしてから左足であぶみを探った。しかしあぶみはリーバーの一九〇センチもある背丈に合わせてあったので、彼女の足はなかなか届かなかった。降りはじめる前に左足をあぶみに固定しておけばよかったと思ったがもう遅い。右足はブラックジャックの尻にぶつかり、左足は空を踏み、鞍につかまろうとすれば手がすべる。やっと左足があぶみに届いたとたんに手は完全に鞍からすべり落ち、足はあぶみの踏板で重心を失ってあぶみを通り抜け、彼女のまわりで世界がぐるりと回転した。そして彼女はあぶみごと勢いよく、仰向けに倒れてしまった。

巧みな乗り手の命令にしか慣れていないブラックジャックは、ひどく驚いてあとずさりした。その瞬間、片足をあぶみに取られたままのトーリーの体が馬にぐいと引っ張られた。リーバーはすぐに手綱をつかみ、ブラックジャックを急いで制した。

「落ち着け、そうだ、落ち着くんだ」リーバーはトーリーが蹄鉄《ていてつ》を打ったひづめに踏まれないように馬の気を静めた。

トーリーの柔らかな体がひづめの一撃をくらったら、と思うとリーバーはぞっとした。彼は優しい声と巧みな手綱さばきで、びくびくしていたブラックジャックを落ち着かせた。トーリーは仰向けになったままぼんやりと、これが本当にリーバーの声かしらと思った。その甘く優しく、心が慰められるような響きを聞いていた彼女は、本能的に彼には粗野な外見とは別の何かすばらしいものがあるにちがいないと感じた。彼女は元気づけるような声に吸い寄せられて起き上がろうとした。

「動くんじゃない」リーバーが怒鳴った。「へたに動いてこれ以上ブラックジャックを驚かしたら、いきりたって踏みつけられるぞ」

今度もたしかにリーバーの声だった。それは彼女を冷たく非難していた。明るい日差しに、まぶたの裏が急に熱くなった。彼女は目を閉じ、きつくまばたきをした。なぜちょっと落ちたくらいで泣きたくなるのだろう？　プールで新しい飛び込みを練習しているとき、着水に失敗して肌に青黒いあざができたときも、こんな気持ちにはならなかった。泣いたことなどただの一度もなかったのに……。

トーリーはリーバーがあぶみから彼女の脚をそっと抜いてくれたのを感じたが、目はつぶったままだった。彼に抱かれて家に運ばれていくあいだも目を開けなかった。

「大丈夫か？」彼がぶっきらぼうにたずねた。

うなずいたとたん、目頭が熱くなって彼女は顔をそむけた。彼に涙を見られたくなかった。いつもはこんなではなかった。彼女は七歳のとき初めて水泳で賞を取ったが、三等しか取れないのかと父から言われて以来、泣いたことがなかった。

「本当かい？」リーバーの声がブラックジャックを静めたときと同じように優しく温かく、元気づけるように響いた。トーリーはうっとりした。彼女は、へまをしたときはいつもむちで打たれるのと同じくらい厳しい指導をされてきたので、思いやりを受けることには慣れておらず、かすかに身震いした。

「かわいそうな子猫ちゃんだ」リーバーはつぶやくとトーリーの顔を自分の襟もとに押しつけた。「きょうは運が悪かったね」

彼女はただ黙って体を震わせるだけだった。一筋の涙が彼女の頬を伝い、彼の首を濡《ぬ》らした。

リーバーは彼女を家に運び、オークの大きなダイニングチェアにそっとかけさせた。

「もう苦しくないかい？」彼はたずねた。

「え……ええ」

「ひとりで座っていられる？」

トーリーはうなずいて椅子の背にもたれたが、目はまだ閉じたままだった。涙はもう乾いていたが、あまり恥ずかしくて彼を見ることができなかった。彼はきっと、わたしをどうしようもないほど無器用な娘だと思ったにちがいない。わたしもずいぶんぶざまにそれを証明してしまった……。彼女は残念そうに口もとをゆがめた。たしかについていない日だった。

しかしたとえほんのつかの間でも彼にああして抱かれ、大切にされたのは夢のようだった。

リーバーは洗面器にお湯を入れながらちらりとトーリーを見た。彼女は日焼けしていたが、月の光を浴びた朝顔のように青白く見える。しかし彼はトーリーの顔色よりも、急に生命力を失ってもうどうすることもできないように見える彼女の体のほうが心配だった。このようすでは町まで車で送り、サンナップカフェで降ろしてくることなどできそうにない。それに彼女には町はずれのホテルに泊まるだけの金があるだろうか。バスが来るまでの三日間どうやって生活していくのだろう?

リーバーは顔をしかめ、お湯で清潔なタオルをしぼったあと、残り湯の中に弱い消毒薬を加えてテーブルまで運んだ。

「さあ」彼はトーリーの両手をそっと取って言った。「ここに浸すんだ」

お湯は適度に熱く、ヨードチンキのようななつかしい匂《にお》いがぷんと漂った。その消毒薬は刺激がなく、水面に油分を残さないのでプールでもよく使われているものだ。

トーリーはため息をついてまた椅子に寄りかかった。やがて湿った温かいタオルが顔に触れるのを感じて彼女ははっとした。

「さあ、落ち着いて」リーバーは彼女をしっかり押さえて言った。「戦いは終わりだ。これ以上がんばれそうには見えないぞ」

トーリーは汚れた顔を拭《ふ》いてもらいながら彼の強さと優しさを同時に感じた。最初の驚きが静まると彼女はほっとため息をつき、人にかまってもらうという、それまで知らなかったぜいたくな気分を味わった。彼女は流れに身をかがめたときのように無意識にタオルと彼の手に顔を押しつけた。

初めてトーリーを見てから胸の奥でくすぶっていたリーバーの欲望がまたもや目を覚ました。彼は目を細めて彼女を見ながら、この娘はわざと思わせぶりにしているわけじゃないんだと思った。彼女はただ気持ちよさそうにうっとりしているだけだ。年齢も二一歳になるとはとても思えず、一五歳の少女のようだった。彼は自分が好色な六〇歳の男にでもなったような気がしてきた。

「電話したほうがいいな」リーバーは濡れたタオルをシンクにほうり投げると、腕組みをして彼女を見つめながらテーブルに寄りかかった。

「だれに？」

「両親にさ」

トーリーは目を見開いた。「電話してどうしろっていうの？」彼女は強い調子でたずねた。

「どうって……両親とうまくいくやつなんかいないが」リーバーは肩をすくめて言っ

た。「難しく考えるな。電話して、ごめんなさいって言うんだ。家までのバス代くらい喜んで送ってくれる」

「どうしてわたしが……」

トーリーは十代の家出人だと誤解されたのを知り、急に口をつぐんだ。彼女は笑っていいのか、それとも彼の顔を洗面器の水に押しつけてやればいいのか迷いながら、やがてどちらも諦《あきら》めてしまった。彼女は水のしたたる手をスラックスのすり切れたポケットに入れ、テニスシューズよりも使い古した感じの布の札入れを取り出した。札入れはテーブルにぽんと落ちて開き、中からカリフォルニア州の運転免許証がのぞいた。

「おあいにくさま。セックスアピールがなくてアイロン台みたいだけど、今年で二一になるのよ。わたし、一六のときから自分でやってきたの。それ以来両親にも、ほかのだれにもお金の無心なんかしたことはないわ」

リーバーはトーリーの変化をじっと見つめた。今度は二一歳にもそれ以上にも見えた。生い立ちが苦しかったかどうかなどたずねるまでもなく、空っぽの使い古した財布がそれを物語っていた。しかし家までのバス代を払ってあげようと申し出れば断られるに決まっている。彼女はべそもかかずに、三〇キロの道のりを町まで歩こうとしたくらい芯《しん》が強いのだから。

「アイロン台か……」彼はつぶやき、腕に触れた柔らかい胸の感触を思いだして黒い眉を動かした。「きみのは変わった形のアイロン台ってわけだ」

トーリーは、にやりとセクシーにほほえむリーバーを見つめた。この人は農場まで馬に乗ってくるとき、わたしの胸の頂が彼に触れて硬くなったのを思いだしているのだろうか？　触れたのはほんのちょっとのあいだだったけれど……しかし彼女はその記憶に胸の奥が熱く燃え上がるのを感じた。

トーリーはリーバーの灰色の瞳が彼女の胸に向けられたのを見て息をのんだ。突然、胸の奥につき上げるような高まりを感じた。胸の先が硬く張りつめていく。同時に体の芯までがうずいた。

「ちゃんとしまっておいたほうがいい」リーバーは皮肉っぽく言い、ぴんと張ったバストに自分の体が反応したのを見られないうちに体の向きを変えた。

トーリーは、いまの言葉の意味はわたしの想像どおり胸のことかしらと考えながら彼を見つめた。彼女がブラジャーをつけていないのは持っていないからだ。それはひとつには胸が垂れ下がっていないせいもあったし、またいつも水着でいたからでもあった。しかし下着なしですませている最大の理由はお金だった。

トーリーは向きを変え、お湯に手を浸しながら自分の胸もとを見おろした。柔らかいTシャツに頂がはっきりと浮き出ている。彼女はリーバーに見られたのを悟り、うめくような声をもらした。三日前診察室から出てきて以来、彼女は神経がおかしくなったのだろうか？　あれからずっと感覚が麻痺《まひ》したようになり、機械的に食べたり眠ったりしてきた。バスでここまで来る長い道中も、ペイトンの手紙だけが唯一の頼りだった。それなのにその手紙もいとも簡単に退けられてしまった……。まるで倒れていくドミノの長い列の最後の一札のように。

トーリーは疲労と空腹と決意の入り混じったため息をもらした。医師から勧められたとおり、何カ月かは飛び込みから離れて生活する方法を見つけるつもりだった。お金はたくさんはいらなかったし、ひざは普通に働くぶんには不自由ではなかった。もしあまり痛むようならアスピリンをのむように指示されていた。

男のたくましい指先がトーリーの片方の手をお湯から引き上げた。彼女はびっくりして目をみはった。カウボーイブーツをはいた体の大きなリーバーがそっと動いて、雨のように澄んだ瞳で彼女を見つめている。彼女は彼を見つめ返し、うっとりした。高い頬骨、しっかりした鼻、濃い眉、なんて男らしい顔つきだろう。そして口ひげの下の唇は輪郭がくっきりとしていて、ときたま笑ったときに丈夫そうな白い歯がセクシーに輝く。

「どこか気に入ったかい？」リーバーは彼女の手もとから目を離さずにそっけなく言った。

トーリーは自分がリーバーをじっと見つめていたことにやっと気がついた。彼女は恥じらいを見せる気力も、すぐに言い返す力もなく、「とてもハンサムだわ」とあっさり答えた。

リーバーは驚いて顔を上げた。トーリーの表情から、彼女が嘘《うそ》を言ったのでないことはたしかだった。「うれしいことを言ってくれる」彼はつぶやき、また彼女の手に注意深く薬を塗った。

「きっと女性にすてきだって言われてるんでしょうね」トーリーは心の隅にいら立ちを覚えながら言った。

「ああ、でもベッドの外じゃだめだ」

リーバーが瞳を上げると、そこにはショックを受けたトーリーの顔があった。彼はそっと笑った。「あの運転免許証は偽造じゃないだろうね？」

「あなたって人は……」

「悪魔だ」彼はさらりと言ってのけた。「きみはブラックジャックに乗せられていたときずっとそう言っていただろ？」

「わたし、馬に乗っているあいだひと言もしゃべらなかったわ」

「ああ。しゃべらなかったけれどきみがひどく怒っているのはわかっていた。やんちゃな子猫だよ、きみは。いままできみの爪を切って、野性味のある甘い蜜《みつ》を吸ったやつがいないなんて驚きだな」リーバーは急に話すのをやめた。妙なことを考えていたために体が興奮し、ジーンズの上からでもそれがわかった。トーリーが頬を染めるのもむりはなかった。

「期待した目で見ないでくれ。ぼくはその役目はごめんだ」

「まあっ！」トーリーは怒った声でやり返そうとした。

リーバーは長い頑丈な指で彼女の唇を押さえて言葉をさえぎった。「考えてもみろ。ぼくは男だ。女ともかなりつきあってきた。それも一人前の女たちだ。小娘じゃない。もしきみがこのままぼくを誘惑してからかうつもりなら、ひっつかんで指の先まで赤くなるようなことを教えてやる」

トーリーはのどが詰まりそうな気がした。リーバーの言葉をすべて否定し、怒りをぶちまけたかった。しかし彼の言葉には彼女がそれまで気がつかなかった真実が含まれていた。彼女は彼をひと目見て、その厳しい表情の内側に触れてみたいと思った……でもいったいなんのために？　彼に何を望んだのだろう？　なぜ彼にはわたしを怒らせる不思議な力があるのだろうか？　彼に手を拭いてもらい、軟膏《なんこう》を塗ってもらっただけで、なぜ安らぎと不安を感じたりしたのだろう？　そして、なぜ心の奥底で自分はサンダンス農場の門を開け、イーサン・リーバーの生活に足を踏み入れるために生まれてきたのだ、などと信じているのだろう？

トーリーはしゃがれた声で言った。「いつもはわたし、とてもおとなしいのよ。コーチのだれかにきいてみるといいわ。でも最近は……」彼女は肩をそびやかし、弱々しくほほえんだ。「そう、先週は最悪だった。それにきょうはあなたにしつこい売春婦か未成年の不良みたいに扱われて踏んだり蹴《け》ったりだったわ」

「きみはここの仕事をあてにしていたんだね？」リーバーは優しく言った。「ぼくに家までのバス代を払わせてくれ」

トーリーはそっけなく首を振って断った。「ありがとう。でもわたし、自分のぶんは自分でかせぐわ。いつもそうなの」

「貸してもいい。返せるときに……」

「だめ」彼女はきっぱり言った。「これはわたしの問題よ。わたしはこれでもしたたかなの。サンダンス農場で雇ってもらえなかったことより、もっとひどい失望にも耐えてきたわ」

ふたりのあいだに張りつめた空気が流れた。リーバーはトーリーに金を受け取らせる方法をあれこれ考えてみたが、そのうち名案を思いついたところで無駄だということに気がついた。繊細な外見に似合わず彼女は誇り高く、自力でやっていく決意でいる。彼はそんな彼女にひどく感心し、そのことで言い争いはしたくなかった。

「先週何かあったのかい？」リーバーはきくべきではないと知りつつ、ついたずねた。トーリーがペイトンのような洗練された金持ちのいる社会からどんな理由でアリゾナ北部の田舎にやってきたにしろ、リーバーには関係のないことだった。それはよくわかっていた。しかし彼は、トーリーが固い決意を込めた顔でほほえむ前に一瞬ちらりと見せた寂しげな表情を目にすると、彼女を抱きしめてすべてうまくいくからと約束してやりたい衝動にかられた。「男か？」

「恋人っていう意味？」

「ああ」

「いやな人ね」トーリーはうんざりしたように言った。「自分が当てこすりを言われるのがいやならわたしにも言わないで。あなたが何度も言ったように、わたしは男心をくすぐるような女じゃないわ」

「お世辞を言ってもらいたいのかい?」

「洗面器の汚れた水をかけられたいの?」彼女はかっとして赤くなりながら言い返した。「自分のことはちゃんとわかっているつもりよ。セクシーだなんて思ってもいないわ」

リーバーはトーリーをしげしげと見つめた。たしかにこの娘は正直に話している。自分がセクシーだなんてぜんぜん思っていない。彼女があまりに無邪気なので、彼も、ほかのどんな男も心を奪われて、気が変になりそうになることだろう。しかも彼女はそのことをちっとも知らないのだ。

リーバーはトーリーの胸にそっと指先を触れた。驚いて小さな悲鳴をあげた彼女の胸がぴんと張りつめた。彼が大きな手でTシャツの上から胸を撫《な》でると彼女は息をのみ、薄い布地に頂がはっきりと浮き出た。彼女は震え、かすかな声をもらした。

「こういうことが」彼は緊張した表情で言った。「男心をくすぐるっていうんだ。きみはちょっとぼくが見たり触れたりするだけですぐに反応する。本気でぼくが見つめたり、触れたりしたらきみはいったいどうなるんだ?」

「リーバー、わたし……」トーリーは彼にもう一度そっと触れられて声を詰まらせた。

「ああ」彼は言った。「わかってる。自分でも知りたいんだろう？　でもきみには男の経験がない」

彼女は澄んだ緑色の瞳を見開いた。それを見ると彼は胸に痛みを感じた。

「どうしてわかったの？」彼女はささやいた。

リーバーは目を閉じ、口の中でつぶやいた。「ぼくの予想がはずれていればいいと思っていた」

彼は彼女から顔をそむけ、軟膏をテーブルに置いて包帯を取ると、彼女のてのひらに巻きはじめた。

「いまはこうして巻いておく」彼はさりげなく言った。「でも今夜は忘れずにほどくんだ。空気にさらしておいたほうが早く治るから」

「リーバー」トーリーは優しく言った。

「いや」彼は目を伏せたまま言った。「きみはまだ若すぎる。まず、ぼくを愛していると自分自身に言いきかせなくちゃならないだろうし、それにぼくにも愛の言葉を求めるだろう。でもそれはむりだ」彼は灰色の瞳で彼女を釘付《くぎ》けにした。「ぼくは女性に嘘はつかない。ベッドの中でも外でもね。どんな女が自分に必要かはわかっている。きみはそれにあてはまらない」

トーリーはリーバーの冷静な言葉に鋭い痛みを感じた自分が信じられなかった。彼女は怖さにも似た気分を味わいながら、自分が彼にどんなに深い関心を寄せていたかを知り、また彼にやさしく触れられたことで、それまでぼんやり夢に描いていたことをはっきりと自覚した。きっと自分は彼を愛することができただろう。だが彼から愛を期待できないなんて絶望的だ。彼女は苦悩を隠そうとして、さっきのようにわざと軽薄な口調で応じた。

「わたしが小柄でセクシーでグラマーじゃないからなの？」トーリーは事務室から追い出されたときに彼に言われた言葉を繰り返した。

「そういう女は遊ぶにはいいが結婚には向かない」リーバーは片方の包帯を結ぶと、もう片方の手に移りながら言った。「妻にするにはぼくを愛し、喜んでぼくの子供を生んでくれる成熟した女性がいい。洗練された女性よりぼくと一緒にこの土地を愛し、ぼくのかたわらで農場の仕事をしてくれる女性がいいんだ」彼は肩をすくめた。「若い女の子じゃなくて、大人の女だ」

トーリーは目を閉じた。リーバーの言葉にそんなに傷つくのはおかしいとわかっていたし、氷のかみそりで身を切られるような思いを味わう理由などないはずだった。彼に特別ひどいことを言われたわけでもないのに……。

しかし、だからこそ彼女は辛《つら》かった。〝彼はわたしに辛くあたったわけではなく、ただ穏やかに本当のことを言ったまでだ。そう、わたしは彼の遊び相手になることはできても、愛する女性にはなれないのだ……〟

リーバーはトーリーが元気をなくしたのを見て、自分のせいだと感じた。彼は胸の中で自分の言葉を繰り返し、後悔した。思ったとおりのことを言ったのだが、それが彼女にどんなふうに聞こえるかを考えなかったために、女性としての魅力がないと言ったに等しいことになってしまった。

「かわいいお嬢さん」彼はトーリーの頬に触れながらつぶやいた。「誤解しないでほしい。つまりぼくはきみの相手になるには年を取りすぎている、それだけのことだ。

きみが悪いんじゃない。きみにはすべてを教えてくれるすばらしい男の子がちゃんと見つかるさ」

「わたし、男の子とどんなことをするのか知りたいと思ってるわ」トーリーは疲れきったように小声で言った。

「それがすべてじゃないんだよ」

「ええ、わかっているわ」彼女はリーバーの優しいほほえみを見なくてすむように目を閉じた。「でもそう教えてくれたのはあなたよ、リーバー。たったいま、ここで、このキッチンで」彼女は目を開いた。「男の子じゃなかったわ」

「ぼくは教えるつもりは……」彼は言いかけた。

「教えてって頼んだ覚えはないわ」トーリーは言い返した。「これからも頼むつもりはないわ。今度わたしの頭を撫でたりしたら、きっとわたし、かみつくと思うわ」

「ぼくもお返しにかみついてやる。どうだ？ おもしろいじゃないか」リーバーは不機嫌な声を出した。「またいまみたいに思わせぶりなことを言ったら、今度はどんなことになるかわからないぞ。なぜぼくがきみは若すぎるって何度も言うか、今度は、きみは考えてみたことはあるのかい？」

トーリーは目を見開き、唇をかんで言いたいことをぐっとこらえて首を振った。リーバーは今度は興奮を隠そうとせず、静かに椅子をのけて立ち上がった。彼女は彼のジーンズのふくらみに目をみはった。彼女は経験はないかもしれないが、それが何を意味するか知らないわけはなかった。

「きみを抱くべきじゃないと良心が訴えているんだ」リーバーははっきりと言った。「何も知らない若い女の子から不滅の愛などささやかれたくはない。でもぼくはきみがほしくてどうかなりそうだ。困らせないでくれと言えばわかってくれるかい？」

トーリーは彼の欲望の証《あかし》を見ないようにして黙ってうなずいた。信じられない思いだった。そして自分が彼にそれほど影響を与えたのを知ってうれしかった。

リーバーはトーリーが驚くか、あるいは不快感を示すだろうと思っていた。彼女がうめくような甘えた声をそっともらし、渇きに震えながらまるで秘密の泉を見るかのように自分を見つめるとは思ってもみなかった。

「愛らしい女神……」彼の声がかすれた。「なぜこれまでバージンでいた？」

トーリーは目を閉じた。「簡単なことよ。あなたに会わなかったからだわ」彼女は力なく笑ったが、やがて目を開くとじっとリーバーの瞳をのぞいた。「わたし、自尊心が高すぎて、こちらを遊び相手としか見ない男の人なんか、追う気になれないの。だから心配ないわよ。あなたの服を引き裂いたりしないわ。たとえ……」彼女は顔をしかめて包帯をした手を見た。「たとえ都会暮らしのこの手がそんなことをしようとしても」

「きみはなかなかしたたかなんだね？」リーバーはむりにほほえんで言った。

彼女はちょっと笑ってからおもしろそうに言った。「ええ、そうね。だからコーチに怒鳴られてもなんとかやってこられたんだわ。にっこりしてお世辞を言うと気をよくする人もいたし」

リーバーはあきれたように首を振って笑い声をあげた。「コーチって？　それじゃきみはテニス一筋の女の子？」

「違うわ。スイミング一筋ってとこね。だからあなたのいとこに会ったのよ。彼、スイミングクラブの有力者なの。仕事を世話し……」家と納屋のあいだの中庭でリーバーを呼ぶ声がしたので、トーリーは言葉をのんだ。

「ここだ、ジェド」リーバーが叫んだ。

キッチンに続くうしろのドアが開き、男がうんざりしたように言った。「クッキーのやつがまた酔っ払って行方をくらましたんです。見つけたら役立たずのあいつの……」ジェドはトーリーに気づいてびっくりし、一瞬口をつぐんだ。「あ、失礼。だんなさんだけだと思ったもので」

「いいの」トーリーは自分と同い年くらいに見える金髪のやせたカウボーイにほほえんだ。「郷里でも、まるで外でスポーツをするみたいにみんなおもしろがって、そんなふうにしゃべってるわ」

ジェドはちらりと彼女を見てにやりとした。「本当？　どこから来たの？」

「罪の街《シン・シティ》から」彼女はハスキーなわざとらしい調子でそう言うとウインクし、スイミングクラブでそうしていたように気軽に冗談を言った。

リーバーはトーリーと若い使用人がすぐに仲間同士のようにうちとけて、たがいに紹介しあうのをじっと見ていた。リーバーは彼女の視線が自分からそれてほっとする半面、ハンサムなジェドの首根っこをつかんでうしろのドアから追い出したい思いにかられていた。

「カードは持ってきたか？」リーバーはたずねた。

ジェドはその声に怒りがこもっているのを感じてぱっと振り向いた。「いいえ」

「じゃあ、ぼくがブラックジャックの鞍《くら》をはずすあいだに持ってきて、みんなを集めるんだ。クッキーの代わりと、あいつを町まで送っていく者をくじ引きで決める」

「町へ？」

「そうだ。町へだ」リーバーはきっぱりと言った。「あいつがこの農場で飲んだくれるのもこれが最後だ。だれかほかの人間が見つかるまで自分たちで料理するんだ」

「みんな、いやがりますよ」

リーバーがぶつぶつ言いながら出ていった。

トーリリーは仕方なさそうに諦めるジェドの顔を見た。カウボーイたちはどうやらだれも料理が好きではないらしい。

彼女はちょっとためらったのちキッチンを点検しはじめた。すぐに何か食べたければ、たしかに自分で用意しなければならない。彼女はそっと歌を口ずさみながらレンジのそばの調理台に材料を並べはじめた。外から聞こえてくる男たちの熱気を帯びた声に、ときどき瞳を上げる。くじ引きがまだ終わらないか、言い争っているかのどちらかなのだろう。

リーバーが男たちを従えてキッチンに戻ってきたときには、レンジの上の大きなフライパンから褐色になった肉とオニオンのおいしそうな香りが立ちのぼっていた。トーリーはときどき肉料理をかきまぜながら調理台の上でチーズをおろしていた。もうひとつのフライパンでは、親指大に角切りにしたパンをガーリックバターでいためていた。リーバーが背後から近づいたとき、彼女は大きな古いレンジに手を伸ばしてフライパンを揺すってパンを返しているところだった。

「何をしているんだ？」リーバーはたずねた。

大きな鋳物のフライパンが火口で音をたて、まわりにパンが飛び散った。

「へたくそな……」リーバーは怒りだした。

「あなたはカウボーイでしょ、ネイティブ・アメリカンじゃなかったわね？」トーリーはさえぎるように言い返した。「なぜいつも忍び寄ってくるの?」リーバーのうしろで六人の男たちがくすくす笑ったので、トーリーは初めて彼らに気がついた。

「あら、こんにちは」彼女はガーリックバターのついた人差し指を無意識になめた。

「だれがくじに負けたの?」

「リーバーさ」ジェドがおかしさをこらえきれずに笑いながら言った。

「まあ」

リーバーはふたりのやりとりなど耳に入らなかった。トーリーのピンク色の舌と繊細な指先に目を奪われ、あの燃えるような甘い舌で愛撫《あいぶ》されたらどんなだろうと思っていた。

緑の瞳の子猫……ああ、きみはぼくを焼きつくす。

トーリーはリーバーにちらりと視線を向けた。彼の瞳に、暗いかげりと怒りがこもっている。「くじのことを一日じゅう口論しているんだと思ったの」彼女は早口で言った。「おなかがすいていたから、作りはじめたのよ」

リーバーはこぼれたパンをいくつかつまんで口にほうり込んだ。思いがけなくかかりして香ばしいので、彼は驚いて片方の眉を上げた。そのあとレードルで肉料理をかきまぜてから少しすくい、指先につけて味をみた。

「悪くない」彼は悔しそうにつぶやいた。

「あら、ご親切に」トーリーはさらりと言った。

カウボーイたちは、例によってご機嫌ななめなリーバーにはどうやら無邪気な娘がちょうどよいと思ったらしく、ひとりまたひとりとキッチンから姿を消していった。

リーバーは湯気の立つ肉を熱さも忘れて夢中でほおばり、ふっとため息をついてレードルをフライパンに入れた。

「ぼくが夕食まで死ななかったら、バス代ができるまでここで働くといい」

「お金がないって、なぜわかったの？」トーリーは言ってしまったあとで、ああ、またやられたわと思った。バージンではないかと言われたときも、こちらが答えなければ彼にはわからなかったはずなのに。

「いくら持っている？」彼は顔をそむけようとする彼女のあごに触れてたずねた。

「二、三ドル」

「二、三ドルか」彼はため息をついて繰り返すとうんざりした声で言った。「サンダンス農場からはいったいどうやって帰るつもりだった？　よもぎを食べて歩くのか？」

「いつだって売春という仕事があるでしょう？」トーリーは生意気な口調で言った。

リーバーの口もとが引きつった。「きみは無器用だから客に支払わなきゃならないだろうね」

トーリーは涙がこみ上げてくるのを感じた。きょうはこれで二度目だ。震える唇をリーバーに見られたくなかった。見られれば誇りを台無しにされ、心の傷を隠すことができなくなる。彼女は彼にひどく弱い自分がいやだった。彼女はさっと彼から離れ、涙を見られないように顔をそむけた。

リーバーは苦々しげに言った。「言っただろう？　ぼくを困らすんじゃない」

トーリーはチーズをおろしながらぼんやりとうなずいた。

「仕事がしたいなら、ダッチに頼んでクッキーを降ろしたあと、きみの荷物を持ってこさせる」リーバーは厳しい調子で言った。

トーリーには、本当は申し出を断られたいリーバーの気持ちがわかっていた。彼女にしても断りたかった。しかしそうもいかない。マッサカークリークではどこにも求人ポスターを見かけなかった。以前、何度もそうであったように、今度も彼女はプライドを持つというぜいたくなどできない身分に甘んじなければならなかった。

「ええ」彼女はやっとの思いで言った。「働きたいわ」

リーバーはほっそりとしたトーリーの誇らしげなうしろ姿をじっと見つめた。彼には彼女が明るい緑色の目を輝かせ、震える手で働いているのがわかっていた。彼は帽子をぐいともともどおりにしながらキッチンを出ると、ばたんとスクリーンドアを閉めていまいましげにつぶやいた。〝あの娘がバス代をかせいで町に帰るまで手を出さずにいられるといいが……〟

4

「わたしがするわ」トーリーはジェドが持っていた卵を入れるバスケットに手を伸ばした。

「大丈夫かい?」彼はたずねた。「あの片目の雌鳥《めんどり》はへびみたいにたちが悪いんだ。リーバーも何度かつつかれてる」

「それで生き残って卵を生んでるのね?」トーリーは冗談を言った。「あの羽の生えた大物に銅像を建ててやるといいわ」

ジェドは笑い声をあげ、青く輝く瞳をトーリーに向けた。彼女が三週間前農場に来てから、男たちは集まってきては彼女の料理とユーモアに富んだおしゃべりを楽しんだ。しかしリーバーだけは別だった。ジェドはあの日、機嫌の悪い主人の前にトーリーを残して男たちが出ていったあと、キッチンで何があったのかは知らなかった。しかしジェドが見るかぎり、トーリーはあの日以来、リーバーの前ではことさらてきぱきと食事の用意をし、働いてばかりいた。

「本当に今夜映画はだめなのかい？」ジェドは悲しそうにたずねた。「あれ以上そうじしたら、古いキッチンが壊れるぞ」

「そうね。でもだめなの。ごめんなさい、ジェド」トーリーは彼にウインクして言った。「年上を誘ってくれてありがとう」

ジェドは一瞬ぎょっとし、あきれたように首を振って笑った。「ばかな、トーリー。ぼくはきみより二歳年下なだけじゃないか」彼はふいに彼女を見つめた。「郷里に恋人でもいるのかい？」

「いないわ」トーリーはちょっとためらってから、はっきり言った。「ここでもほしくないわ。みんなで行くのはいいけど一対一で行くのはいやなの。デートのお相手はだめ。友だちがいいの」

ジェドはため息をついて言った。「わかったよ。きみがそうしたいならしかたがない」

「わかってくれてありがとう」彼女はにっこりして言った。

「あのおいぼれの雌鳥に気をつけて」ジェドは柵《さく》のほうに歩きながら繰り返した。

「このごろとくにひどいんだ」

トーリーはジェドが彼女を恋愛の対象とするのを諦《あきら》めてくれたのでほっとし、バスケットを腕にぶら下げて鶏小屋に向かった。彼女はサンダンス農場の男たちとすぐに打ちとけたが、デートの誘いにだけはけっして応じなかった。

しかし、リーバーにだけはトーリーはそれ以上の関係を望んでいた。しかしそうはいかないことはわかっていた。彼女は生まれて初めて愛することのできる男性を見つけたのに、実際にはなんのチャンスもないままに彼を失うかもしれないという、ほろ苦い感情をむりに受け入れようとした。生まれた時と場所をまちがえたために彼をひきつけることができないなんて……。しかし、彼女はそれが人生だと思った。彼女はすでにそんな厳しさを身をもって学んできた。飛び込みの優勝者を選ぶ審査員たちは、気まぐれや片寄った考えから判定を下す場合がある。だから勝つときもあれば負けるときもあり、一度も好運に恵まれないこともある。この次には運が向いて、道が開けるかもしれない……。

彼女はすくなくとも、以前はいつもそうやって自分を慰めてきたのだ。抜けるように青い空から太陽が照りつけ、目が痛いほどまぶしい。ふんわりとした雲が二つ、三つ風に乗って流れていくが、地上は静まり返って風の動く気配もない。周囲から新しい命の息吹と湿った土の匂《にお》いが立ちのぼっている。あたりの世界はみずみずしく、広大なながめを見ていると、ここに来るまで味わったことのない心の安らぎを感じた。彼女はそれまで自分では気がつかなかった神経や筋肉の緊張が、何週間かたつうちにゆっくりとほぐれていき、家に帰ったような満足感を覚えていた。

卵集めも、トーリーはそれまで冷たい無菌のプラスチック容器に並んだ卵しか買ったことがなかったので、まだ温かい大小の卵を巣から集めるのは口では言えない満たされた気分だった。チョコレートの詰まった鮮やかな色のイースターエッグを集めるときでさえ、こんなに楽しくはなかった。

「おはよう、片目の悪魔さん」トーリーは鶏小屋の外に取りつけた小さなえさ入れにえさを入れながら、元気よく言った。

問題の雌鳥は囲いの中からえさをついばむ前にトーリーをじろりと見た。ほかの鶏はこっこっと言いながらちょっと羽をばたつかせ、いっせいにえさのそばに寄ってきた。ジェドがほかの仕事にかかれるようにと、トーリーが徐々に軽い雑用を引き受けるようになってから、鶏たちもトーリーに慣れてきていた。鶏が食事に夢中になっているあいだに、彼女は囲いの外壁にかけてあった古ぼけた脚立にのぼると小さなドアを開け、上体を小屋に押し込んでふんわり盛り上がった巣に手を近づけ、生温かいわらをたたいて卵を探した。囲いの中は暗くてよく見えなかったが仕事にはさしつかえなかった。目が暗闇《くらやみ》に慣れるより先に卵が指に触れる。

トーリーはひとつずつ卵を取り、両足ではさんでいるバスケットに入れながら、家の裏手にある土地のことを考えていた。あそこは以前は菜園だったにちがいない。薄くなってはいるが、うねの跡だとはっきりわかる。それにいつか鶏小屋のうしろに堆《たい》肥《ひ》が積んであるのを見た。彼女は小さいころから庭いじりをする暇がなかったが、いつもやってみたいと思っていた。種をまいて愛情を持って育て、もとの小さな存在からは奇跡としか思えないほど成長した果実や野菜を収穫して食べ、自分と大地とがひとつになって季節を生きていく……彼女はそんな生活がしたかった。土地を耕し、その豊かなぬくもりを肌で感じたかった。

菜園のことばかり考えていたトーリーは、卵を集める手も止まりがちだった。あっと思ったときには太いとげを打ちこまれたような鋭い痛みが指先に走った。彼女はとっさに手をひっこめ、バランスを崩しながら鶏小屋にかがみこんだ。そして片目の雌鳥にやられないように両手で顔をかばい、手を使わないで体を起こそうとしたとたん、卵の入ったバスケットを蹴《け》とばしてしまった。

彼女は逆上し、ひじを突いて憎らしい雌鳥をやみくもにひっつかもうとした。半狂乱の戦いがたちまちほかの鶏を巻き込んだ。侵入者を撃退しようと加勢してくる鶏もいたが、ほとんどの鶏はまるでコヨーテが忍び込んできたかのように、悲鳴をあげながら逃げまわった。

納屋で足の悪い馬の具合を調べていたリーバーが、この騒ぎを聞きつけて鶏小屋に来てみると、半ば小屋の中に体を突っ込んで格闘しているトーリーの姿があった。彼は大急ぎで革の手袋をした手をトーリーの肩越しにさっと出して彼女の顔をかばい、ぐいと彼女を引き出して細長い開口部をばたんと閉めた。

「この無器用な都会育ち！」彼はつぶれた卵のあいだにトーリーを立たせて言った。

「ひどいもんだな。ジェドを叱《しか》りつけてやる。あの雌鳥のことをきみに言っておかなかったんだな」

トーリーはリーバーの冷たい視線をけんめいに受けとめながら言った。「わたし、ジェドに注意されたわ。わたしが卵を取るのが遅かっただけよ」

彼女は一歩ずつ後ずさりした。彼女はまた彼にこきおろされたくなかったので、つつかれた手を見られないうちにキッチンに行って洗いたかった。

「わたしのせいよ」トーリーは早口で言った。「あなたの言うとおり、わたし無器用なの。ごめんなさい。お給料から卵の代金を引いてちょうだい。もう、キッチンに戻らないと」彼女は痛む手をリーバーに見られないように注意して体の向きを変えながら続けた。「ビーンズが焦げるといけないわ」

だが一瞬遅く、彼女はリーバーにけがした指を見られてしまった。彼はその場に立ちつくしたかと思うとすばやく彼女の手首をつかんだ。

「買えと言っておいた革の手袋はどうした？」リーバーは興奮して言った。

トーリーは気をしっかり持って静かに言った。「買いませんでした」

「なんだと？」

「まだ買っていないんです」

「どういうわけだ？」

トーリーはそれに答えたらリーバーのいつものかんしゃくが爆発すると思って黙りこくっていた。料理人の給料は高くはなかった。しかしそれも宿泊やクリーニング、そのほかほとんどすべてを農場側でもってくれるのだから当然だ。彼女は週給をほんの少し支給されるだけだった。彼女はそのお金で、町まで歩こうとした日にだめにした靴やソックス、Tシャツ、ジーンズなどを買い替えた。

支出はまだあった。抗炎症薬と伸縮性のある包帯がひざには必要だったし、せっけんや化粧水、シャンプー、歯磨き、生理用品なども買わなければならなかった。そしてなんとか必要なものがそろったころにはお金はなくなり、映画に行こうにも行けなかった。リーバーに言われた革の手袋を買うには二週間分の給料が必要だった。

「今度町へ行ったら手袋を探してみます」トーリーは探すだけで買えないけれど、と思いながら答えた。それにひざを強くするために注文した少々傷ものの重りもあり、着払いできるようにしておかなければならなかった。手袋を買ったらそれが払えない。

「二週間前、きみが男たちのあとについて納屋や囲いの中を歩きまわるようになったときに手袋のことは言ったはずだ。覚えているね？」

「はい、だんなさま」

彼女は皮肉るつもりなどなかった。横柄な男性コーチに何年も教えられてきたので、反射的に改まった返事が口をついて出たのだ。しかし何も知らないリーバーは、まるで平手打ちをくらったようにショックを受けた。

「リーバーと言うんだ。わかっているだろうに。それともあの鶏のくちばしで手の甲にリーバーと入れ墨でもしてもらわないとわからないのか？」

「すみません、リーバー」トーリーはきっぱりと言った。

彼はじっとトーリーを見つめていたが、彼女はうつむいたまま彼を見上げようともしなかった。彼女は初めてキッチンに入った日から、いつも礼儀正しく丁重な態度で彼を必死に喜ばせようとしてきた。しかし彼女が努力すればするほど彼は腹を立てた。トーリーにはどうしたらいいのか、もうわからなかった。だから彼女は穏やかな態度を崩さないままリーバーの態度が変わってくれるのを願い、バス代がたまれば帰れるのだと思って耐えていた。

だがトーリーは温かい家族のもとへ帰るわけではなかった。ただ、もといた場所に戻るだけなのだ。

「手を洗うんだ」リーバーが言った。「だれかに町まで送らせるから医者に診てもらうといい」

トーリーはリーバーを見つめた。「ジェドがやけどをしたときは行かせなかったのに、なぜつつかれたぐらいで診てもらわなきゃいけないんですか？」

リーバーは口もとを引き締め、トーリーの手をわざと彼女の目の前につきつけた。小さな傷口から血がしたたり落ちた。「ジェドはやわじゃない」

「わたしだってそうです」トーリーはできるだけ穏やかに言った。

「行けと言ったら行くんだ」

「行けません」彼女は言った。「ごめんなさい。お金がないんです」

リーバーは黙ってトーリーの傷口を見つめた。「それで手袋を買わなかったのか?」

彼はやっと口を開いた。

彼女はためらいがちにうなずいた。

「それなら男たちと町で浮かれ騒いで金をつかうべきじゃなかったな」彼は厳しい口調で言った。

トーリーは驚いたように目をみはった。「え?」

「土曜の午後みんなでスミティの車にぎゅうぎゅう詰めになって町へ行って、日曜の明け方まで帰らなかったのをぼくが知らないとでも思っているのか?」

トーリーは目を閉じ、しかたがなかったのよと自分の胸に言いきかせながらこらえきれずに言った。「ダッチの誕生日だったから」

「ああ、聞いたよ。すべて割勘だったわけだ」リーバーは苦々しげに続けた。「きみがやつらを喜ばせ、やつらが支払えばおあいこだろうに?」

トーリーは言いたいことがのどに詰まった。彼女はリーバーの手を振りきって言った。「お金ができたらすぐに手袋を買いますから」

「フェイスマスクも買ったほうがいい。今度は目をねらわれる」リーバーは言い返した。

　彼は去っていくトーリーをじっと見ていた。そして自分の革の手袋に視線を落とし、彼女の血がついているのに気がついて、ののしりの言葉を吐いた。彼は卵のバスケットを蹴とばすと、脚立をのぼって鶏小屋のドアを開けた。

　トーリーが消毒薬入りのぬるま湯に手を浸していると、鶏小屋でまたひとしきり激しい鳴き声がし、何が起きたのかわからぬうちに静かになった。一時間ほどしたころジェドがバスケットをかかえてキッチンに入ってきた。

「だんなが夕食はチキンダンプリングがいいって」

「冷蔵庫を見てみるわ」トーリーは言った。「でも日曜のお昼に鶏肉《とりにく》は使っちゃったと思うけど」

「いいんだ」ジェドは言い、バスケットの中からきれいに羽根を抜いたチキンを出して調理台に置いた。

トーリーは驚いた顔で彼を見た。

ジェドはにやりとした。「あいつがだんなをつつきすぎたんだよ。だんなが首を締めて羽も抜いたんだ」ジェドがトーリーの手に目をとめた。「トーリー、あっ……それじゃ、やられたのはだんなじゃなかったんだね？」

彼女は苦笑した。「リーバーがよく言うでしょう？　わたし、無器用なのよ」

「無器用？」ジェドは信じられないというように彼女を見た。「それなら、ねずみをとる猫を無器用って言わなきゃなんないよ」

「ええ、そうね」トーリーもにやりとして言った。

しかし、彼女はリーバーの前でへまばかりしてきたのを思いだして口もとを引き締めた。いまも鶏小屋で失敗したばかりだ。鶏小屋からお尻をつき出して足をばたばたさせていた自分のみっともなさはよくわかっていた。彼女はため息をつき、恐る恐る雌鳥を取り上げた。温かい卵を集めるのはたしかに魅力があった。が、冷たくなったばかりの鶏の死体に対面するのはわけが違う。

「買い物の包みを開けたところと思えばいい」ジェドは気味悪そうにしているトーリーを見てまたにやりとした。

彼女は頼りなげなほほえみを浮かべ、ジェドがスクリーンドアを閉めて出ていくと大きな鍋《なべ》に水を入れはじめた。雌鳥を火にかけているあいだ、トーリーはここ二、三週間のうちに座右の書となった古い料理の本を見た。注文に応じてすぐ出せる料理はそうなかった。たとえば彼女のパンケーキは最高だったが、小型パンはリーバーに言わせれば馬にはかせたほうがましというしろものだった。だから彼女はだれもいないときに何度も練習し、柔らかくて風味のある小型パンを作れるようになった。男たちは最高だと言ってほめてくれたが、リーバーはただ「バターをくれ」と言っただけだった。

すべてこの調子だった。ダッチは〝べつにきみだけにじゃないさ、リーバーはだれにでもそんなふうだよ〟と言った。が、ダッチにしてもリーバーがすべてにおいて、ほかのだれよりトーリーに厳しいことは認めるしかなかった。

それでもトーリーは、いつかはリーバーが認めてくれるときが来ると思い一生けんめいに働いた。以前、彼女の飛び込みがうまくいったとき、いちばん厳しいコーチでさえ認めてくれたではないか……。

〝べつにきみだけにじゃないさ……〟

トーリーはダッチの言葉を信じたかった。彼女は料理や卵集めや皿洗いをしてリーバーに批判されたことや、さらにはこれがもっともショックだったが、女としてまで辛辣《しんらつ》な評価を受けたこと、それらすべてを忘れたかった。そして、彼に触れたときの激しい心の高まりを思いだしては深い屈辱を感じた。いまでも彼に見つめられただけで体じゅうがぞくぞくし、かっと燃えた。

〝きみは無器用だから客に支払わなきゃならないだろうね〟

やっぱりわたしだけにじゃない？　そうよ、きっとそうだわ。

トーリーはゆううつな気分でチキンダンプリングの作りかたを読みはじめた。今回は年取った雌鳥を含むすべての材料が手もとにあった。

トーリーはその日一日じゅうシチュー鍋のそばにいて、中身をつついたり味をみて塩や香草の加減をしたりした。チキンそのものは時間がたつにつれておいしそうな匂いを放ってきたが、ダンプリングは本のとおりに調理したのに、食べてみるとリーバーに皮肉られそうな味だった。

彼女は暗い気持ちでそれを捨て、今度は粉を正確に計ってもう一度ダンプリングを作った。今度は見た目も味もゆでた練り粉そのままだった。さらに困ったことに、チキンではなくダンプリングが食事のメインになることだった。というのは、いくらアリゾナでいちばん大きくてたちの悪い雌鳥でも、九人で分けるとひとり分はいくらもなかったからだ。

トーリーはテーブルをセットしながら、きたるべき試練に備えて気を引き締めた。チキンは柔らかく風味があり、トーリーがいままで食べたなかで最高だった。野菜も柔らかすぎず適度な歯ごたえがあって、香草の自然な香りが味を引き締めていておいしかった。しかし、ダンプリングはやはりゆでた練り粉の味がした。

トーリーがコーヒーをついでいると男たちがどっとキッチンに入ってきた。彼らはみなびっくりするほど濃いコーヒーが好きだった。

「やあ、トーリー」ダッチが古いダイニングテーブルを囲むオークの椅子の背に、くたびれた帽子をかけながら言った。「一日じゅうこの匂いがしていてどうかなりそうだった。ああ、いい匂いだ……」

ほかの男たちもダッチのすぐうしろにいた。大きなキッチンはまたたく間に腹ぺこの男たちでいっぱいになった。リーバーもいた。彼はコーヒーをつぐトーリーの手もとをじっと見つめ、きめの細かい肌に点々とできた小さな傷に目をそそいでいた。

「ジェド」ダッチが言った。「食事のあと鶏小屋を調べたほうがいいぞ。来るときちょっと寄ったんだが、あの片目の雌鳥のやつ、いつもなら金網越しにおれのブーツをつつくのにきょうは来なかった。病気じゃないか？」

「いや」ジェドがチキンダンプリングを取りながら言った。「あいつ、ついに彼女をつっつい ちゃったんだ」

「なんだって？」ダッチはチキンを口に運びながらたずねた。「トーリー、頬が落ちそうだよ」彼は目を閉じ、ゆっくりとかんで言った。「こんなチキンははじめてだ」そして満足そうにため息をついてから、またジェドにきいた。「いったいどうしたんだ？」

「リーバーが首を締めたんだ」ジェドが言った。

ダッチは自分の皿をまじまじと見つめた。「驚いたな」彼はリーバーを見た。「だんなはあの性悪の雌鳥だけはぜったいさわらないって……」

「話をするのか、食べるのか、どっちだ？」リーバーが口をはさんだ。

トーリーはいくぶん上気して見えるリーバーの顔を信じられない思いでじっと見つめていたが、急に視線をそらすと、一滴もこぼさないように神経を集中してダッチにコーヒーをついだ。またリーバーにぶきっちょと言われたくなかったのだ。

「話すのも食べるのも一緒にできますよ」ダッチはにやりとして言った。「なぜ気が変わったんです？　あの雌鳥のやつにお気に入りの馬でもやられたんですか？　それとも……」ダッチは急に目の前のトーリーの手に気がつき、からかい半分の言葉をのんだ。それから満足そうにリーバーを見たあとトーリーを見つめた。「治るまで皿洗いはおれたちがやるよ。傷には皿洗いの汚れた水がいちばんいけないっておふくろが言ってたぜ」

「大丈夫よ、ダッチ」トーリーはすぐに言った。「あとで薬をつけておくから」

「だめだ、ばか言うなよ」ダッチは言った。「きみはおれの新しいシャツを破いたとき上手につくろってくれたじゃないか。それから、ティーグとミラーの代わりに夜ふかしして役所に手紙を書き、あいつらが町の連中の前で字をまちがえて恥をかかなくてすむようしてやった。おまけにスミティのいちばんいい馬の傷が早く治るように手当てしてやったり……それから……」

「ダンプリングを取ってくれ」リーバーはダッチの話を無視して冷たい口調で言った。

トーリーはリーバーの声が怒りに震えているのがわかった。今度は何がいけなかったのだろうか？　彼女は彼にダンプリングを渡しながら、何を怒っているにしても、いまにこの味のことでまた機嫌をそこねるんだわと思った。彼女は彼の白い歯が練り粉をかじるのを見て覚悟をした。

リーバーは何か口の中でぶつぶつ言いながら皿にもっとダンプリングをよそい、また食べはじめた。

トーリーは驚いてコーヒーポットを落としそうになった。彼女はコーヒーをつぎおえると横目でほかの男たちを注意して見た。彼らはおいしいと言って彼女の料理の腕をほめながら、喜んでダンプリングを食べている。彼女はそっとため息をついて席に着き、テーブルに運んだら奇跡的においしくなったのかしらと思いながら、自分もダンプリングを口に運んだ。しかしひと口食べたが何も変わっていなかった。澱粉《でんぷん》のりだってもっとましなのがある。

トーリーはダンプリングの味は無視し、男たちの話に耳を傾けながらゆっくりと食べた。彼らによれば高地も緑となり、サンダンス農場の北西半分にあたるブルー・ウルフ山の険しい山腹にも春が来たらしい。彼女はそんな話を聞いているうちに、菜園のことが思い浮かんだ。

「ジェド」トーリーは彼を見つめて静かにたずねた。「近いうちに町へ行く？」

「あすの朝早く行くよ。何かいるの？」

「種よ」

トーリーはそっと言ったつもりだったがとたんにリーバーの注意をひいたのがわかった。

「ビーンズ、トマト、パンプキン、パセリ、オニオン、キャロット……それにコーンも。ねえ、裏でコーンが作れるかしら？」

ジェドはにっこりして肩をすくめた。「驚いた。おれなんか毒きのこさえ育てられないよ」

トーリーは彼の話など聞いていなかった。彼女はこの前北部カリフォルニアのスーパーマーケットで、種の売り場の棚を見まわしながら鮮やかな絵に見とれたのを思いだした。いま思えばあのときすでに心の奥に、畑を作りたい思いがあったのだ。

「百日草」彼女はつぶやいた。「それにスイートピー、マリーゴールド、デイジー、それから……」彼女はふいに笑った。「全部よ、ジェド。買える種はみんなほしいわ。全部まいてかわいらしい芽が出て、それぞれが違った葉や花をつけるのを見たいのよ」トーリーは急にお金がいることに気がついた。「もちろん一度に全部じゃないわ。最初は三ドル分だけ、いい？」

「わかった」ジェドは言った。

「どこにまくんだ？」リーバーがトーリーを見てたずねた。その表情からは彼が何を考えているのかわからなかった。

「裏の、菜園があったところ」

「そうか、あったところね……」リーバーは皮肉っぽい口調で答えた。「あそこは祖母のアビー・リーバーが五〇年ほど前に死んでからずっとそのままだ。祖母のあとはリーバー家もサンダンス家の妻たちも町に住んだ。連中は農場の利益を牛肉や高級な服を買うことにばかり費やして、自らの手を汚して菜園を作って生活のたしにしようとはしなかった。どの妻も都会育ちの役立たずだったんだ」

リーバーはさげすむような口調で言った。毎年彼は、おばやいとこに代わって農場をきりもりし、苦労して手に入れた利益を彼らと分ける。つまり利益の五五パーセントはペイトンを含むサンダンス家のものだ。そしてペイトンはそれをほかに投資して大金を稼いでいた。いっぽう四五パーセントを手にしたリーバーは経営の最終決定権があるわけではなかったが、その金をすべてまた農場につぎ込んだ。ペイトンはリーバーに命じてウルフ湖のほとりにサンダンス荘を建てさせている。リーバーが最終的に彼に従ったのは、五年もすればペイトンは山荘に興味を失うだろうと思ったからだ。そうすれば、いまの農場の家より何キロも道路に近い美しい杉でできたサンダンス荘とその周辺の建物がそっくり農場のものとなるだろう。

いつの日かサンダンス農場はすべて自分のものになる。しかし、それまではリーバーはおばやいとこたちに代わって農場を経営し、別に所有権の代金として、利益の一パーセントを支払わなければならなかった。

「都会育ち」リーバーはチキンをフォークで刺し、ダンプリングを口に入れながらつぶやいた。「役立たずの女ども……」

トーリーは唇をかみ、田舎で育った男がよく働くとはかぎらないように、都会育ちの女がなまけ者とはかぎらないわと言いたいのを、やっとこらえた。

「ねえ、お嬢さん」リーバーはトーリーに鋭い目を向けて続けた。「そんなにたくさんの種をまく場所をどうやって耕すつもりなんだい？」

「納屋にシャベルがあったわ」彼女は自信なさそうに言った。

「シャベルがあっても畑はできない。いろいろなことをしなけりゃならない」リーバーは言い返した。「それともシャベルを差し込めば自然に掘れるとでも思っているのか？」

トーリーはいら立ちを抑えて静かに言った。「いいえ、わたし、片足ずつ掘っていけばいいのかと思ってたわ」

「右足から？　それとも左足から？」ジェドがさらりと言った。

トーリーは笑うまいとしたがだめだった。「動いたほうからよ」彼女はジェドを横目で見て言った。

リーバーは何か言おうとした。しかしみんながシャベルをどちらの足で扱うか冗談を言いあっていたので、その場は過ぎてしまった。トーリーはほっとして、リーバーがまた役立たずの都会育ちの女をこきおろす話をはじめないようにと願った。彼女にもがまんの限界がある。しかし、リーバーに刃向かうのも怖かった。そんなことをすればきっと完全に彼女の負けだ。彼に逆らって屈辱感を味わうのだけはいやだった。

トーリーは男たちが夕食を終えると椅子を立ち、キッチンを片づけはじめた。いつもなら男たちとテーブルを囲み、牛や馬、川や草、嵐《あらし》、太陽などの話に楽しく耳を傾けるのだが、今夜はひとりになりたかった。リーバーは機嫌が悪く、ゆううつそうな顔つきだ。はやく彼の前から姿を消さないといまにかんしゃくを起こされるだろう。

トーリーがダッチの皿を片づけようとすると彼が手伝おうとしたので、彼女は身をかがめてささやいた。「お願い、座ってて、ダッチ。リーバーに叱《しか》られるわ。手はほんとうにもう大丈夫なの」

ダッチは機嫌をそこねたときのリーバーにぴったりの悪口をつぶやいたが、それでも手伝うのはやめた。何分かのうちにキッチンにはトーリーとリーバーだけが残った。やがて彼も立って事務室に仕事をしに行った。彼女は思わず安堵《あんど》のため息をつき、あすの朝はリーバーの機嫌も少しはよくなっているかしらと思った。

あくる日、トーリーはシャベルを納屋から見つけると菜園に行った。たしかに大変な仕事だった。土は肥《こ》えていたが硬かったし、シャベルは重く、テニスシューズよりブーツのほうが作業に向いていた。ダッチが作業用の古い手袋を持ってやってきた。それはトーリーには大きかったが、古いシャベルを扱うには素手よりもずっと具合がよかった。しかし、昼食の用意をはじめるまでに、短いうねを一本作るのがやっとだった。窓の外を見るたびに畑の土は黒々と光って見えた。

しばらくして彼女がふと外を見ると、畑が急に広く掘り返してあった。彼女は信じられないものでも見るようにまばたきし、目をみはった。裏のポーチからジェドとダッチの声がし、続いてミラーの声もした。彼女が大急ぎでもうひとつの窓に寄ると三人のカウボーイが手早く畑を作っていた。ふたりが鋤《すき》で耕し、もうひとりはシャベルで土くれをくだいている。

「リーバーにこっぴどくやられるぞ」ジェドがふいに言った。

ミラーも何か言いながら、使い古しの革の手袋を同じようにくたびれたジーンズで拭《ぬぐ》っている。

ダッチが肩をすくめた。「なあ、みんな」彼は鋤に寄りかかって言った。「リーバーは囲いをはずせと言ったが、乾いたふんを納屋の裏に置いておくかこの畑に入れるかはおれたちの自由じゃないか」彼はちょっと間を置いて続けた。「ふんを運ぶんだ、ミラー。ティーグが手押し車をもう一台持ってくる」

トーリーは目の前が涙でぼんやりするまで男たちを見ていた。そしてぐつぐつ煮えているチリコンカルネのそばにゆっくりと戻り、小麦粉の箱を開けながら急いで涙を拭った。二週間もパイの皮を練習してきたので、見た目よりずっと味がいいのを披露するにはちょうどよいころだ。

昼食の時間が近づくころには、アップルパイの香りとチリコンカルネの香料のきいた匂いが競い合うように漂っていた。彼女は二枚目のパイをオーブンから出し、点検するように皮を見た。上々とは言えないが、まあまあの出来だ。ボールを片づけるときパイの中身は味見したので味には自信があった。あとは男たちが、出来たてのアップルパイにチーズかアイスクリームのどちらをほしがるかだ。

トーリーは裏の戸口に行った。彼女がドアの取っ手に手を伸ばしたとき、スクリーンドアの向こうからリーバーの声がした。

「何をやっているんだ？」

「ふんを片づけています」ダッチがきっぱりと答えた。

リーバーはひとりひとりを冷たい目で見つめるとひと言も言わずにブラックジャックの向きを変え、囲いのほうに戻っていった。

トーリーは深く息を吐き、黙ってキッチンに戻った。食卓が整うと、彼女はポーチの屋根からつり下がった金属製のトライアングルのところに歩いていき、鉄の棒で勢いよくそれをたたいて男たちに昼食を知らせた。

しかしだれも走ってこなかった。彼女は顔をしかめてまた何度か打ち鳴らしたが、それでも何も反応がない。今度は中庭に歩いていってあたりを見回したがやはりだれもいない。彼女はゆっくりと階段をのぼって裏のポーチに出ると、みんなどこへ行ってしまったのかしらと思いながらキッチンに戻った。

そこにはリーバーをのぞく全員がそろっていた。だれもが笑いをこらえているみたいだ。トーリーはどういうことかわからず途方に暮れて男たちをひとりひとり見つめた。そのときだった。彼女は自分の皿にカラフルな小さい包みが山ほど積んであるのに気がついた。種だわ……彼女は希望に胸がふくらむのを感じた。そこには三ドルではとても買えないほどたくさんの種があった。

「全部きみのだよ、トーリー」ジェドは一ドル札三枚を彼女の皿の下に差し入れてにやりと笑った。「払うつもりなら畑にセメントを流し込んじゃうぞ」

トーリーはクリスマスの朝の子どものように喜びの声をあげると、テーブルに走り寄った。リトバーがうしろ手にそっとポーチのドアを閉めたのに彼女は気がつかなかった。彼はジーンズの腰に手をあててドアのふちに寄りかかり、トーリーの喜ぶ顔をじっと見つめていた。彼女は山と積まれた種の包みをまるで金か宝石のようにだいじそうにさわり、震える声で種の名前を読んだ。そしてしまいには感謝の言葉を言いながら声を詰まらせた。

「やっぱり都会育ちだな」リーバーは皮肉っぽく言った。「きみたちは何か忘れてるよ」

トーリーは包みをテーブルに広げながら心配そうな顔で振り返った。「リーバー、お願い」彼女は少しかすれた声で言った。「あそこを少し使わせて。仕事にさしつかえないようにするわ」

「そうじゃない」リーバーはトーリーの哀願するような声にいらいらして言った。

「庭はきみのいいように使ったらいい」

「じゃあ、どういう意味？　土でも悪いの？」

「いや、土は問題ない。問題はきみだ」彼はトーリーの緑色の瞳に見入った。「この種が芽を出すころにはきみはここにいないんじゃないのか？」

トーリーはテーブルに散らかった色鮮やかな包みに視線を向け、リーバーの言うとおりだと思った。彼女はサンダンス農場が自分の家でないことや、リーバーができるだけ早く彼女に出ていってもらいたいと思っていることを忘れていたのだ。

「ええ、たぶん」彼女はまばたきをして涙をこらえながら悲しそうに言った。「だから、それまでできるだけ楽しまないと。そうでしょう？」

リーバーは何も答えず、真っ赤に熟れたトマトの絵をたどるトーリーの指先をくい入るように見つめていた。

5

トーリーは柔らかくて丈夫な作業用手袋をした自分の手をじっと見た。それは二週間前に彼女の朝食の皿のわきにあったものだ。なぜそこに手袋が置いてあるのか、カウボーイたちはだれも知らなかった。彼女はその次の週、手袋の代金を夕食のテーブルに置いた。しかしそのお金は彼女が諦《あきら》めて財布に戻すまで三日もそのままになっていた。

黄褐色のスエードの表面はすでに庭仕事で汚れ、雌鳥《めんどり》につつかれたり、有刺鉄線に引っかけたりしてざらついていた。トーリーは日増しに納屋や柵《さく》のまわりで長い時間を過ごすようになった。ダッチとジェドは、トーリーには大きな動物を扱う素質があると言って馬小屋のそうじから馬の世話、馬具のつけかたまで教えてくれた。トーリーはいつの間にか馬に夢中になっていった。リーバーはトーリーが動物の世話をすることについて、いいとも悪いとも言わなかった。彼女はそれをいいことにジェドになんとかうまいことを言って乗馬を教わることにした。いまはもう馬のそばにいるだけでは満足できず、髪を風になびかせて馬に乗り、大地を駆けたくてしかたがなかった。彼女は馬の背の気持ちよい揺れや、リーバーと一緒に農場までの長い道を馬に乗ってきたときの楽しさをもう一度味わいたかった。それに戸外で体を動かす必要もあった。以前はサンダンス農場の八人の男たちに料理を作る仕事より、もっと激しく体を動かす生活をしていたのだ。そのせいか、いまはじっとしていられない気分だった。

ジェドは馬に乗って中庭に来ると、トーリーが畑にいるのを見て笑いかけた。「畑仕事が終わったら大きな囲いのところにおいで」

「本当に時間はある?」トーリーは心配そうにたずねた。ふたりが乗馬を練習しようとすると、きまってリーバーがジェドに仕事を命ずるのだ。

「きょうはみんなより早くはじめたんだ」ジェドはあくびをしながら言った。「明け方から柵を運んでる」

トーリーは、突然この若いカウボーイが朝食にも昼食にもいなかったわけがわかった。「まあ、ジェド、わたし、なにもあなたに……」

「サンドイッチを持ってきてくれれば許してあげる」ジェドが口をはさんだ。「それとツィンクルトーズにキャロットをね。あいつ、自分を半分うさぎだと思っているんだ」

トーリーは彼に背を向け、急いで畑仕事の道具を集めた。そして外の水道でそれらを洗い、すり切れたジーンズで拭《ふ》いた。彼女は顔をしかめて薄いデニムのズボンを見下ろした。今度は実用的でないこんなはやりの生地でなく、もっと厚くて丈夫なジーンズを買わなくてはならない。

トーリーは何かを買うことを考えると不機嫌な顔になった。以前はお金の心配などしたこともなかったのに、ここではいつのまにかお金が出ていく。柔らかい新芽は鋤《すき》やシャベルで世話ができないことを知ると園芸用の道具を買ったし、農場にある天然の肥料だけではなく、生長のタイミングに合わせて何種類かの決まった肥料が必要だと園芸の本で読むと、小さな植物たちが栄養不足にならないように市販の肥料を購入したりした。

袋入りの肥料はとても高かったし、そのほかにも、高価なひざの抗炎症剤が必要だった。毎晩一時間ずつ繰り返し行っている運動のあと、はれ上がったひざの処置は欠かせなかったからだ。

気温の下がる朝晩にはデニムのジャケットなども必要だったが、それもまだ買っていなかった。夏に集中しているカウボーイたちの誕生日には、食費から支払ってリーバーに怒られるのはいやだったので、彼女は自分のお金でキャンドルとカードとケーキの飾りを買っていたし、仕事や遊びで男たちとマッサカークリークに行ったときも、ソーダ水一杯でさえおごってもらわないようにした。皆がサンナップカフェで昼食を食べるときもごくありふれた料理しかなかったが、彼女もやはり一緒に注文しないわけにいかなかった。

だから、トーリーのバス代は何度自分の胸に誓ってもなかなかたまらなかった。彼女はなんとか生活費の埋め合わせをする前に、リーバーがしびれをきらして自分を農場から追い出さないようにと祈るしかなかった。リーバーは彼女が飛び込みができない何カ月かの期間、ずっと雇ってくれると言ったわけではない。彼はただ、帰りのバス代がたまるまで調理の仕事をしてもよいと言っただけだ。

もっともトーリーは彼が自分を力ずくで農場から追い払うとは思わなかった。そうするには彼女に触れなければならないからだ。彼は彼女の手を優しくお湯に浸しながらそっと胸を愛撫《あいぶ》して以来、ずっと彼女に触れたことはなかった。

そんなこと考えたらだめよ、彼女は自分自身に言いきかせた。考えないって誓ったはずだわ……だけど暗闇《くらやみ》のなかでわたしの心を揺るがす夢をどうしたらいいのだろう……ああ、もう考えないことだわ！

トーリーはシンクの下に園芸道具を置き、チーズと残りもののローストビーフでジエドに厚いサンドイッチを作った。

〝都会育ち、無器用、役立たず……〟

それでも困ったことに彼女はまだ心の底でリーバーを求めていた。彼が傷ついた動物に優しくしたり、サンダンス農場を訪れたダッチの孫たちを楽しそうにからかったり、また自分以外のカウボーイたちが疲れきってしまうとひとりでずっと運転したり、あるいは夕方じっと立ちつくして愛情深い表情で大地をながめていたりするのを見るたびに、彼女は〝もう一度わたしを見て。あなたの理想の女性はわたしでしょう?〟と言いたいのをこらえるのが精一杯だった。

しかし、ふたりのあいだにはいままで何も起こらなかったし、これからも起こりそうになかった。

考えないことよ……。

トーリーはジェドのサンドイッチとコーヒーの入った魔法瓶を両手に持ってスクリーンドアをばたんと閉め、囲いのほうに走っていった。片方のポケットからキャロットが一本顔を出し、もう一方からは手袋がのぞいている。彼女は明るい日差しをまぶしそうに見て、目を守るのに帽子が買えたらいいのにと思った。

「はい、どうぞ、ジェド。コーヒーもあるわ」

ジェドは彼女を見てほほえんだ。「ありがとう、トーリー。ぼくたち、きみに甘えちゃってるね」

「料理をするのが楽しいのよ」彼女は正直に言った。「みんなとっても喜んでくれるんですもの」

「そりゃあ、クッキーの料理を食べてみればそのわけがわかるさ。どうにか作れるのはビーンズの料理と小型パンだけだからね。それが日に三度じゃ本当にうんざりだ」ジェドはサンドイッチをほおばりながらもう一方の手で囲いを開けた。そこにはツィンクルトーズという変わった名前の、年取ったおとなしい雌馬が日差しを浴びてまどろんでいた。

トーリーはジェドが囲いの支柱に掛けておいた馬銜《はみ》をつかみ、横木のあいだから取り出すと雌馬につけた。馬がキャロットを食べているあいだにトーリーはブラシをかけ、鞍下《くらした》の位置を直すと重い鞍を柵から引っ張ってきた。

「あぶみを忘れるなよ」ジェドは最後のひと口を食べながら言った。「もしあの木片が腹にあたったらあいつだって少しは悪さをするぞ」

トーリーはきちんとあぶみを鞍頭につけてから雌馬の肉づきのいい背中に鞍を乗せた。そしてそれを正しい位置に直し、腹帯で締めた。ツィンクルトーズはそれもよく心得ていた。雌馬が何気なく呼吸すると胴回りが大きくふくれた。続いてトーリーも深く息を吸うと、ひざをうまい具合に持ち上げて雌馬の胴に押しつけた。馬がおもしろくなさそうにしゅうっと音をたてて息を吐いたそのすきに、トーリーはすばやく腹帯を締めた。ツィンクルトーズはそのあいだずっとおとなしくしていた。

「上出来だ」ジェドは湯気の立つコーヒーをすすり、それをわきに置いた。「じゃあ、手綱を左手に持って」

トーリーは言われたとおりにした。

「あ、もう一度やったほうがいい」ジェドはそう言いながらトーリーのすぐうしろに来た。「いま乗ったら、鞍にまたがったときに左の手綱がきつく引っ張られて、こいつはくるくるまわりだすよ。こうやるんだ」

ジェドはトーリーの肩越しに両手を伸ばした。それから手綱を左手に持ち、その手を鞍頭のすぐ前のたてがみのところに置くと二本の手綱が左右つりあうように右手で調節した。

「わかる？」

トーリーはうなずいた。

「さあ、やってみて」ジェドが手綱を放して言った。手綱はまだ一本につながっていなかったので、馬の首の両側を伝って地面に落ちた。

トーリーはジェドが教えてくれたとおりにやった。

「うん、それでいい」ジェドはトーリーの肩越しにもう一度腕を伸ばして言った。「左手でたてがみか鞍頭をつかんで……手綱を落としちゃだめ！　馬の左肩のところに立って右手であぶみを引き寄せて左足を入れ、はしごと同じようにのぼると同時に右足で鞍をまたぐ。このとき必要ならうしろの鞍骨に右手をかけてもいい……つまり鞍のうしろの出っぱった箇所に、いいね？」

トーリーは男たちがいつもそうして馬に乗るのを見ていたので、基本的な動作は覚えてしまっていた。それに、いままではとてもうまくいきそうもないような空中回転でさえ練習してきたのだ。左手と左足を支点とした動きがとれるということは、複雑な飛び込みをマスターしてきた彼女には簡単なことだった。それに、もし一回目でうまくできなくてもジェドは怒って帰ってしまったりはしないに決まっている。

彼女は飛び込むときのように動作のひとつひとつを心のなかで順々に繰り返すと、あぶみを引き寄せて足を入れ、馬の尻をまたいで鞍に乗った。

「やあ、うまいぞ、トーリー。ぼくに隠れてやってたんじゃないか?」ジェドはにやりとし、お祝いの気持ちを込めて彼女の脚をたたいた。

「ぼくもそれをききたいところだ」リーバーの声がした。

トーリーはどきっとして、ほほえんでいるジェドの顔からリーバーのにこりともしない顔に視線を向けた。

「何かをかわいがりたいなら……」リーバーはじろりとジェドを見て続けた。「野良犬でも見つけてやったのに」

ジェドはトーリーの脚からすばやく手を引き、リーバーを振り返った。

「東のほうをまわれと言っておいたはずだが」リーバーはジェドに言い訳する暇を与えずに言った。

「はい、まわりました。沼地の近くの支柱を修理しないと」

「それなら早く行くんだ」

リーバーは穏やかだが、とげのある声で言った。ジェドは夕食まで二時間しかないことも、すでに一日分の仕事をしたことも言わなかった。彼は帽子をかぶりなおして去っていった。トーリーも馬から降りようとした。

「きみが乗馬を習いたがっているのは知っていた」リーバーはジェドに言ったのと同じ口調で言った。「それとも、ジェドに体じゅうをさわってもらいたいための口実だったのか？」

「体じゅうなんて……」トーリーはかっとなって言ったがリーバーにさえぎられた。

「黙るか降りるかするんだ。ただし、降りたらぼくが農場をやっているうちは、二度と乗馬を習えないと思うことだ」

トーリーは目と口を固く閉じて深く息を吸った。やがて彼女が目を開けると、リーバーは苦しそうな不可解な表情で彼女を見つめていた。彼は馬のそばにやってきて立ち止まり、暗い瞳でトーリーを見上げた。彼女はリーバーがあまり近くにいるので、彼の体のぬくもりを感じたほどだった。鶏小屋から救い出してくれたときをのぞいて、リーバーがこんなに彼女のそばに来たことはなかった。

「あぶみが長すぎる」リーバーは穏やかに言いながら革の手袋をはずしてポケットに入れた。彼はトーリーのふくらはぎをそっと持ってあぶみから足をはずした。そしてすばやく革ひもを縮め、また彼女の足をあぶみに入れた。「体重を土踏まずでなく、かかとにかけるようにする。こんなふうに」

リーバーの手が足に触れたとたん彼女は指の先までぞくっとした。トーリーは彼が馬のうしろをまわって右のあぶみを調節しているあいだ、思わず安堵《あんど》の息をもらした。そして右足が彼の両手に包まれるとふたたび身震いした。

トーリーは日焼けしたリーバーの手が優しく動いて、自分の足をあぶみに入れるのを見つめていた。彼女は足の位置を調節するのに彼がこんなに自分のそばに寄り、上半身を足に押しつけるようにしなければならないのかたずねたかった。彼の指先がちょっと触れただけで彼女の足首はやけどでもしたように熱く感じた。

「さあ、手綱を引いてツィンクルトーズを右向きにするんだ」

トーリーは左手の手綱を馬の首に押しつけるようにした。すると馬は急に圧迫をのがれようと右に回った。

「囲いのまわりを歩かせるんだ」

ツィンクルトーズはじっとしていたいらしく、動こうとしなかった。トーリーはかかとで胴体をそっと蹴《け》ったが、馬は気がつかない。もう一度軽く蹴ってみたが、馬はそれでもじっと立っていた。

「トーリー」リーバーは口ひげの生えた口もとをかすかにゆがめて言った。「こいつは太ってて横着だから、きみに蹴られても蠅《はえ》がとまったくらいにしか感じないよ。どこかへ行きたいなら、ジェドを刺激するその長い脚を有効に使わなくちゃ」

トーリーはリーバーを蹴とばすつもりでやってみた。かかとを強く打ちつけると馬は耳をぴくっと動かし、囲いの内側をゆっくりと歩きはじめた。

「ブラックジャックを連れてくるからそのまま続けているんだ」リーバーは言った。
二、三分でリーバーはブラックジャックを連れてきて、持っていた手綱をツィンクルトーズの馬銜に向けてぴしっと鳴らした。彼は責めるようなトーリーの顔をちらりとにらんだ。「きみをそのフラットシューズで馬に乗せるのは気がすすまないね。無器用なきみに馬がおびえたりしたら、ぼくは鉛の手綱を使わなきゃならない。こいつがきみを引きずって走っていかないようにね。それでプライドを傷つけられたと思うなら降りるんだな」

トーリーは自分の手を見つめた。手綱をつかんだ手の関節が白い。彼女はけんめいに気持ちを楽にしようとした。すくなくともリーバーがブラックジャックに乗っている限り、たやすく自分に触れるわけにはいかないだろう。

しかし彼はトーリーを見ることはできた。彼の視線が手から腰や足もとへと移っていくたびに、彼女はまるで彼に触れられているような気がした。並んで馬に乗りながら、リーバーは彼女の座りかたから手綱の持ちかた、足や手の使いかたまで続けざまに批評した。彼女は必死でなおそうとしたが、あせればあせるほどうまくいかなかった。そして彼の手が触れるたびに、トーリーは鞍から落ちないようにするのが精一杯だった。

農場がまだ視界から消えないうちから、トーリーは乗馬を覚えようとしたのを後悔した。そしてウルフ川に続くなだらかな丘を越えるころ、ついに彼女は手綱を引いて馬をとめた。

いやらない」

「あなたには負けたわ」トーリーはひどく穏やかな声で言った。「もう乗馬はぜった

リーバーはブラックジャックをとめた。「しようがないな。きみみたいに無器用な

人は、少し人の批評を受け入れることを覚えたほうがいい」

「またいつかお願いするわ」トーリーは声の調子を崩すまいとした。「そのときはあ

なたに言われたとおりに乗れるようにするから」彼女は懇願するような目で彼を見て

続けた。「わたし、あなたのそばではぎごちなくなるばかりなの、リーバー」

「やっかいだな。サンダンス農場でのきみの乗馬の先生はぼくだけなんだよ」彼はき

っぱりと言った。

トーリーは一瞬目を閉じてから言った。「それじゃ、きょうは学校は終わりだわ」

彼女がそう言いながらすばやく馬から降りたので、びっくりしたリーバーは自分も

あわててブラックジャックから降りた。ふたりの体がもう少しで触れあいそうになっ

た。あわてて後ずさりをしたはずみに、トーリーは雌馬の胴体にぶつかった。

「頼むから」リーバーは言った。「むちで打たれた犬みたいにびくびくしないでくれ。

きみにさわりはしないから」

犬にたとえられたので、トーリーはプライドを傷つけられてがまんできずに言った。「そんなこと信じられると思うの？　柵の中に入ってきてからわたしにさわってばかりいたくせに！」

リーバーが急に険しい顔つきになったのでトーリーは初めに心したとおり、彼との衝突を避けるために黙っていればよかったと思った。

「ジェドのときは気にしないってわけだな」リーバーは鋭い口調で言った。

トーリーはとげのある調子にびくっとし、ひきつった声で言った。「ジェドのときとは違うわ」

「そうだろうさ。あいつは若くてかわいいし、きみにはにこにこ優しく言うだけだから」

「そうじゃなくて……」彼女は憤りを覚えた。

その時だった。リーバーのたくましい手が信じられない優しさで彼女の口をふさいだ。彼はさらに彼女に身を寄せ、自分とおとなしい雌馬とのあいだに彼女をはさんだ。

彼は親指で、そっと彼女の眉から目尻をたどり、頬に触れ、さらに震える唇を愛撫しようとした。

「緑の目の子猫……」リーバーはトーリーに身をかがめると言った。「きみが机の前に立ったときから、ずっときみがほしかった」

リーバーの顔が迫ってきて、トーリーには彼の情熱を秘めた灰色の瞳しか見えなくなった。リーバーは彼女の息がかすかに口もとにかかると、燃え上がる欲望を隠すかのように黒いまつげを伏せた。そして熱い舌の先で彼女の繊細な唇をたどった。彼の手の中で彼女は震えていた。

「口を開いてごらん」彼が低い声で言った。「きみもぼくがほしくないかい？」

リーバーの暖かい舌を唇の内側に感じたのもつかのま、彼の舌がさらに彼女の口の中にまで忍び込んできた。彼女はほの甘い彼の舌にゆっくりと愛撫され、体じゅうが炎と化してどうしたらいいかわからずに、ただ息をのんで震えていた。ついにはトーリーは熱い思いに身も心もとろけ、立っていられなくなって彼の腕にしがみついた。

リーバーは彼女の顔を押さえている必要がなくなったので手を離した。トーリーはもう彼を拒んだり避けたりしなかった。彼は彼女が震えながら自分にそっと身をゆだねているのを感じ、トーリーも自分と同じように欲望に包まれているのだと知った。リーバーは彼女を抱き上げて小道からそれ、野の花や草が腰まで生い茂る谷間へ連れていった。彼はゆっくりとひざをつくと、草や花びらがかぐわしく匂《にお》う自然のベッドに彼女を下ろした。

トーリーは目を開いて深いため息をついた。リーバーが身をかがめ、キスしようと彼女を引き寄せると彼女の目の前に彼の肩が迫った。トーリーは彼の名を呼び、なぜこんなことをするのとたずね、さらに、ずっとこうしていてと言いたかった。しかし彼の顔を見ると、のどが詰まって何も言えなかった。目を細めると官能的にきらめく彼の瞳に彼女の体は震え、火と燃えた。

リーバーが激しく唇を求めると彼女は彼にしがみつき、背中からうなじに夢中で手を伸ばして彼の帽子をわきへ払った。彼女は彼の髪をまさぐり、ぬくもりを感じてハスキーな甘い声をもらすと体を弓なりにそらし、彼の顔をけんめいに引き寄せて唇を吸った。彼のもらすしゃがれた声を聞きながら、トーリーはまるで彼の体の重みを足の裏にまで感じるような気がした。

「きみにはぼくは重すぎるかな?」リーバーはたずねた。「ジェドの二倍はあるだろうから」

彼の重みはここちよく、トーリーはすべてを忘れ、ただこの人にもっと近づきたいと願うだけだった。彼女は彼に自分の気持ちを打ち明けようとした。しかし目を開くといやおうなしに彼の官能的な唇に視線を奪われた。

「リーバー」彼女は言った。そしてもう一度、苦しそうに繰り返した。「リーバー……」

彼はトーリーの情熱的なささやきを耳にすると、急に手に力を込め全身を緊張させた。そしてゆっくりと彼女の瞳をのぞき込んだ。彼の舌が彼女の柔らかい唇の内側にふたたびすべり込むと、彼女は琥珀《こはく》色のまつげを震わせながら閉じ、あふれる思いにうっとりした。

トーリーは込み上げる熱いうずきに思わず声をあげたが、その声は彼女を味わいつくそうとする彼のキスにのみ込まれた。彼女は愛を知らない未熟さですべてを忘れ、ためらいがちに、しかし必死で彼を求めた。彼はそのまま愛撫を続け、長いあいだかけてゆっくりと彼女におおいかぶさった。

リーバーがかすかに体をずらすと、トーリーは少しでも離れたくなくて彼に合わせて本能的に体を動かした。彼がまた彼女の唇を求めると彼女は甘えるような声をもらし、無意識のうちに体をそらした。彼女はただ喜びに胸がいっぱいになり、胸の頂が張りつめ、体の芯《しん》が燃えるように熱くなった。

「どうした？」リーバーは彼女の口もとにそっと歯を立てて言った。「何をお望みかな？」

「さわって」トーリーは彼に唇を寄せて言った。「キッチンでしたように」

リーバーは勝ち誇ったようにほほえむとゆっくりと手を伸ばした。目を閉じ、息をのんで次の瞬間を待ちかまえているトーリーの胸のすぐ下で彼の手が止まると、彼女は耐えられないようにため息をついた。彼女は体の向きを変えようとしたが、彼が許さなかった。次に彼は手を上下させてあばら骨から鎖骨までを愛撫しはじめる。それでも熱い胸の先端に手を近づけようとはしなかった。彼が三度目に同じ愛撫を始めると彼女は目を開いてじっと彼を見つめた。

リーバーの瞳が稲光のようにきらめいている。彼の顔は緊張し、唇は激しい口づけのあとではれているように見えた。彼女は彼の手もとに視線を向けた。Tシャツが引き寄せられ、胸の曲線がはっきり見える。興奮を隠すゆったりとした服もブラジャーも身につけていなかった彼女は、薄いコットンにぴったりと胸の頂が浮き出ているのを見て頬を染めた。

「リーバー?」彼女はささやいた。「わたしに……触れたくないの?」

「そんなにさわってほしいのかい?」彼は親指で頂の下に円を描きながらそっとたずねた。「ぼくに手を貸すかい?」

「どうやって?」

「シャツをまくり上げるんだ」

トーリーは驚いたように目を見開いた。「わたし、下着を……」彼の親指が頂をすれすれにかすめると彼女の声がとぎれた。

「わかってる」リーバーはほほえんで言った。「どんな感じか想像してごらん。ふたりのあいだにあるのは、桃色のつぼみを愛撫する手と熱い体だけだ」

トーリーは恥ずかしさと不安でいっぱいになりながら震える手でTシャツの端を持ち上げた。ほてった肌に空気が冷たい。胸もとにたぐり寄せられたシャツが頂の先に触れると彼女は少し怖くなった。彼女はリーバーの下でゆっくりと体をよじってTシャツをわきの下まで持ち上げ、もう一度体の向きを変えてTシャツをぐっとつかんだ……。すると突然全身が狂ったような激情に包まれ、自分が何をしているのかわからなくなった。すでにリーバーは先程のキスとまったく同じ激しさで、彼女の胸に唇を押しつけていた。リーバーの舌が頂に触れるとトーリーはTシャツをつかんだ手を握りしめ、震えながら小刻みに息を切らした。彼が舌と歯をたくみに使うと彼女は思わず声をあげ、さらに激しい欲望に身をまかせて体をしなわせた。彼の手がもう一方の胸を包み込むと、彼女の全身を稲妻がつき抜けた。

トーリーは両方の胸を愛撫されてすべてを忘れ、彼の背中や肩を夢中でまさぐった。彼女は彼の素肌の感触がほしくて彼のシャツを握りしめた。リーバーはうながすようにちょっと体をわきへずらしたが、彼女は手が震えて青いシャツをくしゃくしゃにしただけだった。

リーバーは頬を染めたトーリーのあどけない顔を見下ろして、苦しそうに一瞬目を閉じた。それから彼女から体を離すと、わきの下までたくし上げられた彼女のTシャツに視線を向けた。彼女の胸は張りつめ、暗いピンク色の先端は彼女が小刻みな浅い呼吸をするたびに震えた。

「ジェドともこんなふうに燃えたのか?」リーバーは瞳に暗い炎をちらつかせてたずねた。

「彼を……ほしかったことはないわ」トーリーの声は震えた。「あなただけ……あなただけよ」

リーバーは彼女をじっと見つめて目を閉じた。「それは困った」彼はトーリーの手を離してすばやく立ち上がった。「これ以上都会っ子のきみに費やす時間はない」

トーリーは一瞬驚いて身動きできなかった。そして自分の耳が信じられずにリーバーの険しい顔を見上げた。その瞬間、自分が裸同然の格好でいることに気がついて頬を染め、やがて血の気を失った。Tシャツを引き下ろそうとする手が震えて思うように動かない。彼女は恥ずかしそうな声をもらして胸をおおい隠した。

リーバーは身をかがめて彼女のＴシャツをなおしてやりながら厳しい口調でたずねた。「もうバス代はたまったのか？」

トーリーはリーバーを見ずに首を振った。

「ためたほうがいい、早くためたほうが……」

リーバーは馬に乗り、まだ起き上がろうとしないトーリーを見下ろした。彼は目を閉じ、手綱を持った手を握りしめた。

「起きるんだ」彼は静かに言った。「帰る時間だ」

彼女はまた首を振った。

「トーリー、もうきみにさわらせないでくれ」

彼女はゆっくりと体を起こすと彼を見つめた。

リーバーは彼女の瞳を見てはっとした。

「帰り道は知っているわ」トーリーは遠くを見るような目で彼を見つめ、暗い、悲しそうな声で言った。

「きみひとりで馬に乗せるわけにはいかない」

「歩くわ」

「三キロ以上もある」

トーリーはふっと笑った。「無器用な都会っ子にも歩くことぐらいはできるわ、そうでしょう?」

リーバーは返す言葉を失った。「夕食までに戻るんだ」彼は女らしい首から肩の線に琥珀《こはく》色の髪がそよいでいるのを見つめながら言った。「捜させるようなことはするな。おたがいに後味が悪いから」彼はブラックジャックの向きを変えると振り向きながら続けた。「馬を教えてほしいならジェドにかまうな。きみは飢えていて危険だ。ジェドはすぐに燃えあがって、そんなつもりはないのにきみを傷つけるかもしれない」

「あなたは違うっていうの? あなたは冷静に、意識してわたしを傷つけているわ」

トーリーはTシャツを引き上げて恐る恐るリーバーの唇を受け入れたときのことを思いだし、恥ずかしさに身震いした。「ああ、お願い、あっちへ行って!」

「トーリー……」

もう彼女の耳には苦しげな彼の声も届かず、その姿さえ見えなかった。トーリーはひざを抱えてうなだれたまま、自分の殻に閉じこもった。

そしてひづめの音が消えてからも、トーリーは身動きひとつせず、目を開こうともしなかった。

6

トーリーはそっと右ひざをかばいながらキッチンを動きまわった。脚を引きずっているところをリーバーに見られたら、また怒鳴られるだろう。いまはそれには耐えられない。午後に受けたショックがまだ尾を引いていて胸が痛んだ。もし、もう一度彼に誘惑されたらどうなるかは自分でもわからなかったし、知りたくもなかった。常に常識と洞察力で人生に適切な対応をしてきた彼女も、今度ばかりはこの大きな農場で胸を焦がす何週間かを過ごすうちに、自分がすっかり恋におちてしまったのを知った。彼女は日ごとにリーバーにひかれていき、彼の仕事の腕前やがまん強さや、教養の深さを心から尊敬するようになった。彼は荒れ果てた農場を肥沃《ひよく》な美しい土地にした。彼女はサンダンス農場を生まれ変わらせるために必要だった彼の汗と決断のすべては知らなかったが、その成果はたいしたものだと思った。牛や羊はまるまると太り、小川や湖は澄みきって、見渡すかぎり草が青々と茂っている。それは現在と同様に農場の将来を彼が十分配慮している証《あかし》だった。

トーリーは、彼に触れると自分をすっかり見失ってしまうのは彼を愛しているからだということを認めたくなかった。彼女はリーバーを、自分が喜ばせなければならないコーチのひとりなのだと自分に言いきかせてきた。しかし、もう自分の心を偽ることはできなかった。コーチには、ちょっときつく言われただけで涙を流したり、通り過ぎるのを見てどきどきすることなどなかった。愛する人とともに過ごし、家庭と子供を持って愛情に満ちた一生を送るのはどんなだろうとひそかに夢見ることもなかった。

トーリーはあれから農場に戻りながら、自分がなぜサンダンス農場を去っていくのに十分なお金をためることができないかを悟った。けっきょく自分はここにいたいのだ。彼女はこちらが気づいているのを知らずに、トーリーのことを見つめているリーバーを見たことがあった。そんなときの彼の顔は優しさに満ちていた。そしてリーバーに近づくことさえできれば、彼女が彼を愛しているのと同じように、彼も彼女を愛するようになるのではないかと思ってきた。

トーリーはうなだれ、両手で調理台の端を握り締めた。彼女は自分に腹を立てていた。〝ばかね、ビクトリア・ウェルズ。自分で自分を傷つけているわ。あなたはけっしてリーバーに近づけないし、彼もあなたを近づけようとはしない。彼はどんな女がほしいのか自分でわかっているわ。そしてあなたはそれにあてはまらない。もう去っていくしかないわ。選ばれない理由を言われるまで未練がましくここにいても意味がないわ。運がなかったってことよ。都会っ子、無器用、役立たず、若すぎる……〟

トーリーはそんな思いを振り払うように調理台をぐっと押した。とたんに右ひざに痛みが走った。彼女はそんな自分にいらいらして唇をかんだ。

彼女は左脚に体重を移動すると、またポテトとオニオンをスライスしてフライパンに入れはじめた。男たちはみんなオニオン入りのフライドポテトやアイスクリームが好きだった。しかしそれが今夜のメニューの理由ではなかった。彼女はきょう、ずっと外で自分とリーバー、そして自分の人生について考えていたので、戻ってきたのは夕食の時間すれすれだった。それで、すぐできるハンバーグステーキとフライドポテトにしたのだ。それでも夕食は遅れぎみだった。カウボーイたちはもう集まっていて、期待を込めた目つきでキッチンのほうを見ていた。

「コーヒーができているわ」トーリーは入ってきたダッチに言った。「お食事もすぐできるわ」

「急がなくていい」ダッチはトーリーの背中についた草の汚れをしげしげと見ながら言った。

三人のカウボーイと一緒に入ってきたジェドも草のしみに気がついた。

「ツインクルトーズに落とされたんじゃないだろうね？」彼は驚いて言った。

「え？」トーリーはその声に振り向いた。

「背中に草のしみがついてる」ジェドはみんなにコーヒーをつぎながら言った。「落ちたのかい？」

トーリーは顔を赤らめ、ポテトを混ぜていた木べらを落としそうになった。リーバーと草の上で戯れたときにしみがついたとは思ってもみなかった。「ええ、そんなところよ」彼女は小声で言った。

「トーリー」ジェドが、コーヒーポットを置いてレンジのそばに来た。そして彼女の肩に手を置いて言った。「気にするなよ。だれでも落とされるんだ。リーバーだってさ」

やがて彼女は湯気の立つフライドポテトとオニオンを盛った皿を持ち、ほほえみながら男たちを振り返った。彼女にはリーバーが入ってきた音は聞こえなかったが、彼はすでにテーブルの端のいつもの席に着き、不可解な暗い表情で彼女を見ていた。ひるんだ拍子に彼女はひざに鋭い痛みを感じ、あっと思ったときにはテーブルにまともに倒れそうになった。ポテトがキッチンに飛び散った。

ダッチがすばやくポテトの皿をつかみ、ジェドはコーヒーカップを落としてトーリーを受け止めた。

「大丈夫？」ジェドはコーヒーがシャツにしたたり落ちるのもかまわず、彼女を立ちなおらせてたずねた。「右脚がおかしかったようだけど、ツィンクルトーズから落ちたときに痛めたの？」

トーリーにはジェドの肩越しに急に表情をこわばらせたリーバーの顔しか目に入らなかった。彼女はジェドにかまうなとリーバーに言われたことを、突然思いだした。「大丈夫」彼女はあわててジェドから離れながら言った。「ただ……」彼女の声がかすれた。「無器用なだけよ。リーバーにきけばわかるけど」

　トーリーはわざと笑って安心させるのが精一杯で、そのあとすぐに顔をそむけてしまったので、気難しげに口もとを引き締めたリーバーの表情に気がつかなかった。彼女はみんなの視線を避けて黙って給仕を終えた。

　彼女はいつもなら用意ができるとすぐに座って食べはじめるのだが、今夜はそうしたくなかった。リーバーのすぐそばに座って灰色の冷たい目で見られ、無器用な反応をして彼の気分をこわしてしまったのを思いだされるのはいやだった。

「デザートにケーキを作ったの。パイを入れる棚にあるわ」トーリーはキッチンから出ていきながら静かに言った。「食べおわったら食器はそのままにしておいて」

「きみは食べないのか?」リーバーは難しい表情のまま、押し殺した厳しい声で言った。

「作っているあいだに食べました」

「食べる時間などなかっただろう？　ここに来て食べろよ、トーリー」彼は優しくつけ加えた。「きみは少しやせすぎているよ」

「ええ、ありがとう」彼女は姿勢を正しながら声の調子に気をつけた。そして急いでつけ加えた。「でもおなかがすいてないの。あとでいただくわ、荷物を詰めてから」

カウボーイたちはトーリーが農場を出ていくつもりでいるのに気がついて、いっせいにリーバーを見たが、彼はそれを無視した。男たちは彼の表情をひと目見て、だれかが何かたずねようものなら、きっとその男がトーリーをマッサカークリークまで送っていくはめになるのだと思った。

トーリーは寝室のドアを閉めて、初めて自分は逃げてきたんだと思った。彼女は震えながらため息をついて重いドアに寄りかかり、うなだれた。涙が込み上げてくると、彼女は泣いているのを見られたくなくて大急ぎで涙を拭《ぬぐ》った。だが、そんなことをする必要はなかった。彼女を泣き虫と言う父も継父《ままちち》もコーチもいないのだし、憐《あわ》れみと好奇心の入り混じった視線を向けるルームメイトもいないのだ。その点ではすくなくともサンダンス農場に滞在してよかった……ここでは以前にはなかったプライバシーが守られていた。

トーリーは流れ落ちる涙にかまわず、ゆっくりと服を脱いで緑色のパジャマを着た。彼女はリーバーや農場、さらには身を切られるほど辛《つら》い愛のことは考えまいとした。いまはただ、胸の痛みに耐えるしかなかった。

しかしひざはまた別だった。痛めるのも治すのも自分しだいだ。彼女はサポーターを巻いてベッドの端に座り、右足首に重りをつけて退屈な運動を繰り返した。

彼女は何も考えずにやろうとしたが、それはむりだった。涙がとめどなく頬を伝った。

トーリーは根気よく訓練すればひざはいまよりずっと強くなると信じていた。医者から回復には時間がかかると言われても信用しなかったし、もっともっと一生けんめいやれば、オリンピック選手になる目標も達成できると思っていた。

これまでも自分の力だけを頼りに望みを達成してきたのだ。ひざも飛び込みと同じように訓練と気力で熱心に治療に専念すればきっと強くなるだろう。彼女は目標に到達するにはどんな犠牲を払ってもいいと思っていた。だからいまもそうしなければならない、それだけだ。何も変わってはいない。頼れるのは自分だけだ。

トーリーはそっと数えながら定期的に休みを入れ、痛みを無視してひざの運動をした。最後の運動に入る前に声を出して拍子を取りながら休んでいたので、背後のドアが開いた音が彼女には聞こえなかった。リーバーに気がついてからも、彼女はうしろ手にドアを閉めてそれにもたれている彼を見ようとしなかった。彼はまず彼女の涙に気がつき、次に右ひざの白いサポーターに視線を奪われた。

「いったい何をしているんだ？」彼は言った。

トーリーは一瞬ひるんだが、ゆっくりと目を開いた。彼女は化粧台の鏡に映ったリーバーの顔を見て、この人は無視されてもきっとこの場から離れないわと思った。

「何も」

彼女はまた目を閉じて数えながら言った。いまは自分があまりに弱く感じられた。

リーバーがトーリーの前にひざまずいた。彼女は彼の手が脚に触れるのを感じてぱっと目を開いた。驚いて手をどけようとする彼女を無視してそっとサポーターを引き下ろした彼は、ひざがしらに走る手術の傷跡を目にして息をのんだ。そしてかすかにはれている部分にそっと指先で触れたあと、右足首についている重りに気がついた。

「何をしているんだ?」リーバーはトーリーのひざを優しくささえ、ふたたびたずねた。

「物理療法っていうの」トーリーはサポーターをもとどおり引き上げようとしたが、すぐに脚をリーバーの両手にもたせかけて言った。「毎晩してるのよ」

彼は目をみはって涙の跡を見た。「毎晩そんなに痛むのか?」

「昼間どれぐらい無器用だったかによるわ」彼女は涙がひざの痛みのせいばかりでなく、恋のためでもあるのを知られたくなくて皮肉を言った。

リーバーは彼女が自分から〝無器用〟と言うのを聞いて顔をこわばらせた。しかし彼はただ、「氷は使ったかい?」とだけ言った。

「最後の運動をしてからよ。でも、あなたがそうやっているとできないわ」

「きょうはもう十分じゃないか?」リーバーは親指でそっと傷跡をたどった。

「いいえ、あとひとつやらないと」

リーバーは、彼女の若さや愛らしさのためにふつうは見落とされがちな、彼女の固い決意を見過ごさなかった。彼女の瞳はいつもより暗く大人びて見えた。彼は不思議に思った。この娘が黙って痛みに耐えているのはなぜだろう？　どうしてあんなけがをしたのか、そして、サンダンスに来てぼくの人生を狂わせる前はどんな生活をしていたのだろうか？

「どうしたんだ？」リーバーはサポーターをもとどおりにしてやりながらたずねた。

彼女は本当は大声で笑って、報われることのない愛の苦しみを払いのけたかった。しかし彼がきいているのは彼女がいまなぜ悲しいのか、ではなく、どうしてけがをしたか、だった。

「ペイトンからの手紙を読んでくれたらよかったのよ」

トーリーは立ち上がって寝室の壁につかまると右脚をリズミカルに伸ばしたり縮めたりした。注意しても壁にひざや爪先《つまさき》がぶつかりそうになる。体重をささえるのに頭上にしっかりしたバーがあれば、脚を自由に動かすことができるのに……。

「ほら」リーバーはトーリーを少し自分のほうに向かせて言った。彼は彼女の胸の前に長い右腕を出し、その手を壁についた。「ぼくにつかまって」

彼女はすぐそばに彼がいることで体内に熱いものを感じながら、驚いたように彼を見た。彼女は必死で気持ちを引き締めると、言われたとおりにリーバーの腕につかまった。

まるで日に照らされながら暖かい木の枝につかまっているような気分だった。彼の腕はびくともせず、これまでとはうって変わってひざや脚を自由に曲げ伸ばしすることができる。

「いいだろう?」彼は彼女を見つめて静かに言った。

「ええ」トーリーは彼をまっすぐ見つめたが、自分の気持ちを表に出さずにいられる自分が信じられなかった。「ありがとう」彼女はていねいに言った。

「いったいどうしたんだ?」リーバーはまた、そっとたずねた。「ペイトンにきいてもいいが、きみからききたいんだ。子供のころからのことすべてをね」

「なぜ?」トーリーはそっけなく言った。「わたし、あしたここを発《た》つわ。だから関係ないと思うけど」

リーバーは彼女のつやのある髪から、ほっそりとした素足の先までじっと見た。

「知らなくちゃならないんだ」彼は言った。

リーバーの腕をつかんだ彼女の手に力がこもった。彼女は彼の優しい言葉の奥にひそむ強い意志を感じ取った。それは彼女がひざの運動を終わらせようと固い決意でいるのと同じものだった。リーバーは答えを迷っているようだ。

「なぜ?」彼女は怖くなってまたそっとたずねた。

「わからない」リーバーはほっそりとして日焼けした彼女の指を左手の親指で撫《な》でながら、彼女の腕に鳥肌が立つのを見た。「ぼくが触れると、きみはまるでぼくだけのために生まれてきたみたいにうっとりするけど、それはなぜかわかるか?」

「リーバー!」彼がもう一度愛撫《あいぶ》すると彼女の声はかすれた。「やめて!」

彼はトーリーから手を離した。「話してくれ、ぼくたちふたりで何か答えが出せるかもしれない」

トーリーはまるで生涯でいちばん難しい飛び込みをするように、数回深呼吸をしてからゆっくり息を吐いた。

「六歳から水泳をやってきたわ」彼女はすぐそばに彼がいることは考えまいとして、頭の中でメトロノームのように拍子をとりながらまたひざの運動を始めた。「そして一〇歳で飛び込み競技を始めたの。泳ぎより上手だったから。飛び込みをやるのが得意だったわ」

リーバーは彼女がちらりと横目で彼の反応をさぐるのを見て言った。「それで？」

「高飛び込みって知ってるかしら？」

「テレビがあるからね」彼はそっけなく言った。「この地域では放送は一日遅れるが」

トーリーはにやりとした。「違うの。ふつう、飛び込みというと大部分の人は飛び板飛び込みを連想するけど、わたしが好きなのは飛び込み台のほうなの」

「どうして？」

彼女はなんとかしてうまく説明しようとした。それはリーバーに対する反応のようにどうにもならない本能的なものだった。「だって飛び板はいくら丹念にオリンピック仕様にできていても、一枚一枚違うのよ」彼女は口を開いた。「だから実技の結果も設備に左右されるわ。でも飛び込み台は違うの。結果はすべて自分の体やひざや脚の問題になるわけ。飛び込み台はだれが造っても全部同じですもの」

リーバーはトーリーの傷ついたひざに鋭い視線を向けた。

「ええ」彼女は何もきかれないのに彼の気持ちを察して言った。「もうしばらくは、飛び込みはできないわ。前のようにもいかないでしょうし、もしかすると」彼女は目を閉じてつぶやくように小声で言った。「永久にできないかもしれない。わからないけど」

リーバーは彼女にたずねたいことをすべて思いめぐらしながらじっと黙っていた。もうこれ以上彼女を傷つけたくなかった。しかしきかなければならないことがもっとあった。

「両親も水泳をしていたの?」彼は彼女がなぜスポーツの世界に入ったのだろうと思ってたずねた。

「いいえ」

リーバーはためらった。一度だけ彼女の口から両親の話が出たときも楽しそうには見えなかった。彼も、家庭生活があまり幸福とはいえなかったのでそれはよくわかった。

「いつも飛び込みをしたいと思っていたのかい？」リーバーは、ひざを動かすたびにこわばる彼女の顔を見て自分も痛みを感じながらたずねた。まるで彼女の緑色の瞳が痛みに曇るのを、いままでずっと見てきたような気がした。そして、彼は彼女の痛みが自分のせいであるように思えた。

トーリーは肩をすくめるとやっと話しはじめた。「プールではいつも楽しかったわ。両親が離婚する前から家は楽しいところじゃなかった。母はすぐに再婚して、前より幸せになったけど、わたしは違ったわ。新しい父は……」

リーバーは彼女の手に一瞬力がこもるのを感じた。

「うまくいかなかったってわけだ」彼は言った。

「ええ、そうなの」トーリーは早口で言った。「とても嫉妬《しっと》深い人だったわ。彼にとってわたしは、彼が母の最初の恋人でなかったという事実の生き証人だったわけ」

「だからよくプールで過ごしたんだね」リーバーは自分が父から逃げて、ひとりでよく馬に乗ったことを思いだして優しく言った。

「プールだけがわたしの家だったの」トーリーはさらりと言った。「飛び込みの才能はあったけど特別というほどじゃなかった」彼女は続けた。「でもほかの子供たちより熱心に練習して、たくさんの試合に勝っていたころはオリンピック候補だったの。奨学金を受けてスイミングクラブの会員でいられたわ。家にいるよりプールで過ごすことが多かったってわけ」

リーバーはトーリーの横顔を見た。広い額、なだらかな頬骨、そして心の痛みを表すまいとして固く閉じた口もと……。

「競技は楽しかった?」リーバーは彼女をじっと見つめ、もう質問はこれっきりだというように熱っぽくたずねた。

トーリーはなんと答えたらいいか迷った。サンダンス農場に来てリーバーに会うまでは、彼女はいろいろなことをあるがままに受けとめてきたので、彼の質問もそれまで自分では考えたことのないものだった。

「あまり」彼女は言った。「競技は飛び込みをするための代償だったの。ほかの子はそうは思っていなかったけど。みんなは競技中は見物人が応援してくれるって、とっても生き生きしていたわ」

「でもきみは違う。きみは飛び込みそのものが好きだったんだ」彼は断言した。彼は、トーリーがいくら自分の心に決めたとしても、彼女は基本的には優しすぎて、オリンピックの栄冠めざして激しく競いあうような競技を楽しむことはできない人間だと思った。

トーリーは表情をやわらげ、自分だけの思いに浸って言った。「そうなの。飛び込みほどすてきなものはないわ。飛び込み台に立って気持ちを集中すると、ほかのことは頭から消えてしまうの。両親の口論や請求書、孤独、そして疲労もなくなって、ただあるのはわたしと飛び込み台と眼下に光るプールだけなの。わたしはよく、もしすべてうまくできたら、風に漂う木の葉のようにそのままずっと安らかに空中に浮かんでいたいと思ったものよ」

トーリーはまた大人びた顔をした。そして悲しそうにほほえむと右足を床に降ろし、リーバーから手を離した。

「ありがとう、終わったわ」彼女はつぶやき、体重を右足にかけてかすかにひるんだ。

彼女はベッドにかけてサポーターを下ろし、軽くひざをついた。「少しはれてるけど大丈夫。荷物をまとめるには影響はないわ」

「氷は？」

リーバーが顔を曇らせた。「氷を持ってくるよ」

トーリーは断ろうとした。自分で持ってこられるし、なくてもよかったのだ。しかし彼は取りに行ってしまった。彼女はため息をついてサポーターをはずしベッドに横になった。リーバーはすぐに氷嚢《ひょうのう》を持って戻ってきた。彼は起き上がろうとする彼女をそっと押しとどめた。

「ぼくがする」彼が言った。「顔色が悪いぞ」

彼女は安らかなひとときを口論で終わらせたくなかったので、しかたなく彼がベッドに座れるように体をずらした。怒りや屈辱ではなく、心の安らぎをサンダンス農場の思い出にしたい、それが彼女の最後の願いだった。

トーリーはリーバーの大きな温かい手と氷嚢の冷たい感触に同時に触れ、意識がぼんやりとしてしまいそうだった。彼女は急に深く息を吸い込んだ。

「痛む？」彼は彼女の瞳をのぞき込んで言った。

「いいえ」

彼はそれでも彼女から視線を離さなかった。

「本当に」彼女は弱々しい声でつぶやいた。「あなたの手は優しいのね」

リーバーは苦しそうな顔つきをした。「いったいどうしたんだ？」この質問はこれで三度目だった。

トーリーは待ちかまえていたように話しだした。「一〇メートルの高さから飛び込みに失敗するとたいへんなの。けがをするわ。わたし、一年前に連続三回宙返りでひざを傷めたの。それが治ったと思ったら、ある晩遅番のときにキッチンですべってね。変な角度でひざに体重がかかったものだからひどいけがをしちゃって。それで次の日手術をしたの」

「どれくらい前に？」

「約二カ月前よ」

リーバーは身動きひとつしなかった。「それじゃあ、あのときは手術後三週間だっていうのに、ひざのことは何も言わないで三〇キロも歩いていこうとしたわけだね？」

トーリーは悲しそうにほほえんだ。彼の優しさもこれまでだ。だがいままでなんてすてきな毎日だったのだろう。「ひざの手術をして三日後にマラソンで勝つ人もいるわ」彼女は言った。「それに、医者からだいじにしすぎるなって言われたの。歩くのがいちばんいいのよ」

「もちろんだ。ただし一五キロ近くある荷物がなければね。手が真っ赤にすりむけてたじゃないか。それにビリーにも追われたし。あいつの首をへし折ってやるべきだった」

トーリーは目を見開いた。彼の厳しい顔つきに怒りが込められている。それから別の質問が彼の口から出た。

「遅番でキッチンにいたっていうのは？　スイミングクラブではメンバーに食事を出すのかい？」

彼女は思わず笑った。「家庭とは違うわ」

リーバーは口を一文字に結んで説明を待ちかまえている。

「一六になってすぐ」彼女は声を押さえて言った。「ほかの三人の女の子と一緒に共同生活を始めたの。わたしはコーヒーショップで最初はウェイトレスをして、それから調理もするようになったわ。水泳の妨げにならないように遅番で働いたの」

「一六で夜に働いていたのか？」リーバーは両親が許したとは信じられなくてたずねた。

「そうよ。レンジは年を気にしないわ」

「驚いたな。酔っ払いなんかがいただろうに」リーバーは吐き捨てるように言った。

トーリーは肩をすくめた。酔っ払いは嫌いだった。だが仕事をしなければならなかった。

「また競技に戻るには、どれぐらい休養が必要なんだ？」彼は穏やかにたずねようとしたがうまくいかなかった。

「医者は二、三カ月と言ったけど、それまでにひざがもとどおりにならなかったら、もう戻れないでしょうね」

トーリーの声は冷静だったが、リーバーにはひざのことを話すとき、彼女が急に緊張したのがわかった。彼はゆっくりと指の力を抜いた。「きょう、またひざを傷めたのかい?」彼は張りつめた声でたずねた。

「一、二回やったけど、なんでも――」

「ばか!」リーバーは彼女の言葉をさえぎって怒鳴りつけた。「ひざが悪いとわかっていたらぜったいに歩かせ――」

「ひざがどうなろうと悪いのはわたし、あなたのせいじゃないわ」彼女は切り返した。「あなたに何度も言われたとおり、わたし、無器用なのよ」

リーバーは黒い口ひげの下で唇を一文字に結び、灰色の目を光らせて彼女を見た。

「きみは世話をやかせてばかりいて、しまいにはぼくを狂わせる」

「そうかしら?」トーリーは苦々しげに言った。「わたしに何がわかるっていうの? 態度で示してくれない?」

リーバーが急に動き、彼女はたちまち彼の体重でベッドの上に押さえつけられた。しかし彼は片脚を注意深く彼女の脚のあいだに置いてひざを傷つけまいとしていた。

彼女は最初は何がなんだかわからず、深い呼吸をして初めて肩から足の裏にまで彼の存在を感じた。

「きみは何も知らないんだ」彼は彼女に唇を寄せながら緊張した声で言った。「どこでやめるべきかもわからない、そうだろう?」

「リーバー……」

「ごめんよ、だから言ったんだ。でも、もう遅い」

「だめ!」トーリーは込み上げる高まりとは逆に顔をそらした。彼女は本当は彼に激しく抱かれたかった。「あなたに触れられるとわたし夢中になってしまうの。でもわたしが無器用なものだからあなたはいやになり、わたしの心はずたずたに引き裂かれる。そんなの、もうたくさん」彼女は必死で言った。「お願い、リーバー。二度と口答えしないって約束するわ。あすの朝一番でここを発《た》つ。わたし……」

トーリーは、そのとき急に耳たぶにそっと歯が触れたのを感じて息をのんだ。彼は彼女の反応に小さな笑い声をあげ、敏感な耳の縁に舌をはわせた。彼女が震えると彼はもう一度勝ち誇ったように笑った。

「うぶなお嬢さんだ」彼は荒れ狂う欲望を抑えて優しく耳をかんだ。「きょうの午後途中でやめたのは、いやになったからじゃない、ああ……」彼はうめくような声をもらしてゆっくりと腰を動かした。「いままで、きみみたいにぼくを夢中にさせた女性はいなかった」

トーリーは力強く、すてきな彼の体に愛撫されて目をみはった。「わたし、そんなつもりはないわ」彼女は言った。「どうやって夢中にさせたらいいのかも知らないの。わたしはただ……」

リーバーが舌の先を耳に入れると彼女は戦慄《せんりつ》に襲われて苦しそうにうめき、言葉を失った。

「ほら」彼は彼女の反応が、自分のことのような気がして歯を食いしばった。「ぼくが触れるときみは夢中になる。それがすべてさ。まだ男を知らないきみがぼくのせいで火のように燃えると思うと……」彼はのどを詰まらせた。「たまらないんだ。きみにキスしただけでも撃ち殺されるべきなのに。でもぼくはそれ以上のことがしたい。パジャマを脱がしてきみの清らかで美しい体のすべてに触れたい。ああ、きみにはぼくの望みなど想像もつかないよ！」

リーバーは、彼女が心をときめかせて思わず体をしなわせるのを感じた。

「やめるんだ」彼は自分の体を動かすまいとして彼女をしっかり押さえつけて言った。「きみがほしくて夜も眠れない。だがぼくはきみの純潔を自分のものにして、そのお返しに経験だけを与えるようなことはしたくないんだ。女性は初めての相手からは本当か嘘《うそ》かは別としてすくなくとも〝愛してる〟と言われなくちゃだめだ……でもトーリー、ぼくはきみに嘘はつけない。だからきみをむりやりここから……ぼくから追い払うことだけはしなかったんだ」

リーバーは苦しいため息とともに彼女に唇を寄せ、そっとキスをしながら言った。

「ぼくはきょうの午後、尾根に腰を下ろして草の陰からきみを見つめていた。そしてあんなふうにきみを傷つけた自分がいやになった。農場に戻っていくきみを見て、ぼくはきみがほしくて身を切られるようだった」

リーバーの舌が唇の端に触れると、暖かい息が彼女の口もとにかかった。

「本当はそばに行って助けたかった。でも少しでも近づいたらぼくはきみを柔らかい草の上に連れていき、きみが何もわからなくなるまで愛してしまうのがわかっていた。そうなればぼくたちはふたたび生まれ変わるように深く結ばれる。いままでそんなになったことはない。だがきみとならきっとなれる。ぼくにはわかるんだ。そして、だからこそ辛いんだ」

トーリーがそっともらしたため息に、リーバーの自制心は揺らいだ。

「ああ、やめてくれ」彼は彼女の顔にキスを繰り返しながら言った。「静かに、動かないで。ぼくは自分を信じていたつもりだったが、きみに関しては違う。きみを奪ったりすれば自分にいやけがさすだろう。きみは金の指輪と聖なる誓いを受けるに値する女性だ。でもぼくはそれをあげることはできない。ふたりがそうなるのはまちがいなんだ。だけどこのままきみを発たせることはできなかった。きみをわざと傷つけるたびにぼくも傷ついた。そしていまでもまだ傷ついている」

トーリーは身震いした。目を閉じると涙がこぼれた。彼女は彼が言ったことをはっきり思い浮かべた……〝結婚するなら若くて無器用な都会の娘ではなくて、大人の女がいい……〟

トーリーはわけのわからない痛みを覚えた。これから先、イーサン・リーバーを愛したようにはほかの男性を愛することはないだろう。わたしは彼を愛した。そして彼から去っていくのだ。愛する男と結ばれる喜びはこれから先けっして味わえないだろう。

「わたし、あなたに仕事以外に何か要求したことがあったかしら？」トーリーは涙にうるんだ瞳を彼に向けてたずねた。「きょうの午後あなたの手をどけて、金の指輪をもらって死ぬまで愛していると言われないうちは、これ以上さわらせないなんて言ったかしら？」

「いや、だがきみはそう言うべきだった」彼はきっぱりと言った。「どんなに無理なことを言われてもぼくはきみの望みをかなえる約束をしただろうね。それほどきみがほしかったんだから」

「だからわたしはまだバージンだっていうわけなの？」トーリーはかっとなって言った。「わたしをそんな女だと思っているの？　男の人の欲望をかりたてておいて、結婚の罠《わな》にはめるまで体を許さない女だと？」彼女は〝愛している〟と言えないために、いっそう気持ちをつのらせて早口で言った。「バージンだったのは、愛し……服を脱がせて夢中にしてほしいと思う人がいなかったからよ。抱かれたいと思ったことなんてないわ。もうすぐ二一だけど男の人がほしかったことはないの。あなたと会うまではね」

リーバーはきらりと光る目を細めた。「わからないのかい？　ぼくには情熱しかきみにあげるものがない」

「ほかに何がいるの？」トーリーは彼の頬にそっと触れた。「あなたに情熱さえ期待したことはないわ。わたしの最初の人になってほしいだけなの。あなたとなら未知の世界に入っていける。あなたでないとだめなの、リーバー」

「トーリー……」彼は高まる気持ちを抑えた。

「だめ」彼女は自分の唇に触れそうな彼の口もとに指をあてて言った。「わたし、わかってるの。この先きっといま以上にほかの男性を求めることはないわ。あなたに抱かれること以外何も望まないって約束するわ。だからお願い……」

リーバーは激しくトーリーの唇を奪い、やがて震える声でささやいた。「ああ、トーリー、そうまで言われたら男がどうなるか知らないのかい？」

「ええ……」彼女はかすれた声で言った。「教えてリーバー、わたしにすべてを教えて」

7

リーバーがじっと目を閉じ、息をひそめて拳《こぶし》を握りしめている。全身が硬く張りつめ、苦しげな表情だ。また彼はわたしを拒絶するのだろうか？

トーリーは、あなたを愛した女を見捨てないでと泣き叫びたかった。しかしのどまで出かかっても、それを言ってはいけないのだ。もし愛していると言ったらリーバーは去っていくだろう。きっとわたしを未熟で、愛の作り話抜きには体を許さない女だと思ってしまう。

だがそれは作り話ではなく、トーリーは本当に彼を愛していた。いままでだれとも恋をしたいと思ったことも期待したこともなかったのに、リーバーだけは違った。農場から出ていくお金をためることがずっとできなかったのもそのためだ。心の隅でいつかは、彼もわたしに恋をするかもしれないと思い続けていたからだ……。彼女は込み上げる悲しみに体を震わせて泣きだした。

リーバーは体をどけると彼女をそっと抱き締めた。「怖がらなくていい」彼はそうつぶやきながらトーリーの背中を撫《な》でると口もとにそっと顔を寄せた。「きみがほしくて気が変になりそうだ。けっして傷つけたりはしないと誓うよ。そのきれいな体をきみがうっとりするほど愛してあげる。そして最後には……」彼はうめくような声をもらし、両手に力を込めた。「ああ、トーリー、きみがついにぼくのものとなったときは、きっと太陽にのめり込んでいくような気分だよ。喜びで体じゅうが燃えているから痛みは感じないんだ」彼は涙でうるんだトーリーの瞳をのぞき込んだ。「ここ二、三週間いろいろあったから、ききたいことばかりなんだろう?」彼はささやくように言った。「でも傷つけないってことは信じてくれないか?」

トーリーは喜びに何も言えずただうなずいた。彼女は自分が愛していると口走ったりしないのを確信すると、無器用でも許してね、と彼に言おうとした。だが彼の名を呼んだだけでうまく言葉が続かなかった。

「リーバー?」

「ん?」彼は彼女の口もとに羽根のようなキスをした。

「あなたに無器用だと思われないようにするわ、だから……」

「しっ」リーバーは彼女の苦しげな言葉をのみ込むようにキスをした。「きみは無器用なんかじゃない。水に輝く日の光のようにすてきだ。きみを見ているとどうかなりそうだった。ぼくはきみを寄せつけまいとして、嫌われようとしてきみを非難した。そうすればきみの瞳の輝きが消えてぼくから去っていくと思ったんだ」彼は思わず身震いした。「かわいい子……」彼はそうささやくと、何度目かのキスをした。「きみほど優雅で愛らしい人は見たことがない。それだけは覚えておくんだ。嘘《うそ》は忘れて本当のことだけをね、だいじなのはそれだけなんだから」

彼がトーリーに唇を重ねると彼女の瞳にいっそう涙が込み上げてきた。短いキスの繰り返しに彼女の体が熱くなった。トーリーは彼を抱き締めて髪をまさぐり、魅力的な口もとに唇を押しつけたかった。しかし、内心ではまだ彼が彼女を無器用だと思っているのではないかという不安があった。

「柔らかい……」リーバーは彼女の唇をそっとかんでつぶやいた。「内側はもっと柔らかい。口を開いてくれる？　ずっときみのことを思って燃えていたんだ」

「リーバー」彼女はつぶやいた。

「もっと」彼は彼女の唇に鼻をすり寄せて言った。

「きみがその気になって、自分からぼくの唇を求めるのを待っているんだ」

トーリーは思わず唇を開いた。彼女は彼の官能的な口もとを見つめ、息をつけないほど激しくキスされたときの感覚を思い浮かべた。そして、いままたすべてを忘れさせてくれる彼のかぐわしい唇がほしかった。

「何を考えているんだい？」リーバーはハスキーな声でたずねた。

「あなたの口」彼女の声が震えた。「男の人がそんなきれいな口もとをしてるなんて不公平よ。それにその唇がすることも……」トーリーは急にもうひとつの記憶に、はっと息をのんだ。胸を愛撫《あいぶ》されたときのとろけるような感覚……。「それも公平じゃないと思うわ」

リーバーは男らしい低い声で誇らしげに笑った。

「唇がほしい？」彼はからかうようにたずねた。

「ええ」トーリーは彼を見つめてため息をついた。

「どんなのがお望みかな？　これでどう？」

リーバーは今度は唇ではなくきれいに並んだ歯先にそっとキスした。トーリーは首に腕をまわして彼をもっと引き寄せようとした。しかし彼女がいくら強く引いても、彼は彼女をじらしてベッドに押さえつけたまま、それ以上近づかなかった。

「リーバー」トーリーはせきたてるように言った。

その声にリーバーはゆっくりと彼女に唇を押しつけた。トーリーはうっとりとして思わず自分から彼の唇を吸った。激しいキスに彼女はすっかり自分を失い、彼にしがみついているのが精一杯だった。

「気持ちを楽にして」やがてリーバーが言った。彼は愛らしい唇を見下ろしながら、なんと言ったらいいかわからないでいた。「ああ、なんて清らかで熱い……」リーバーは低い声をもらし、彼女の上に腰を沈めた。

「リーバー……」

「言ってくれ、トーリー、ぼくが感じるものを感じてほしいんだ」

彼の舌はためらいがちに彼女の唇に触れた。やがてたがいの舌が触れあうと彼女は身震いしながらささやいた。「わたしたちふたりとも同じ味がするわ」

彼のたくましい体が緊張するのを感じて、トーリーは小さな声をもらした。

「ああ、そうだ」リーバーはうめくように言った。「ぼくはきみの味がして、きみはぼくの味がする」彼はそっとトーリーの唇をかんだ。「なんでも好きなことを言ってごらん。ぼくはきみが考えることや感じること、つまりきみのすべてを知りたい。ぼくは……」彼はちょっと笑って首を振った。「ぼくの望んでいることは、いまはまだきみにはショックだろう。だがそれもほんの少しのあいだだけだ。いまにきっとぼくのすべてがほしくなる」

トーリーは熱い思いで彼の肩をつかみ、その口もとを見つめた。温かくてキスが上手なその唇が好きだった。それは彼女に、いままでは想像もしなかった欲望や喜びを教えてくれた唇だった。

指でそっと彼の唇をたどると、恐る恐る歯に触れた。そしてその感触に引き込まれるようにもう一度同じことを繰り返そうとして、彼に指をなめられた。トーリーはかすかな悲鳴をあげたが、やがて彼女は楽しくなってゆっくりと、しかしリズミカルに同じ動作を続けた。自分の体も彼の下で自然に動いていたが、それにはぜんぜん気がつかなかった。

リーバーは耐えられなくなって顔をそむけ、高まる気持ちを抑えようとした。とたんにトーリーが手を引いた。

「トーリー……」彼は説明しようとした。

「だめ」彼女は手で彼の口をふさいで小声で言った。「言わないで、お願い。わかってるわ、無器用なの。ごめんなさい、こんなことって初めてなんですもの。どうしたらいいかわからないの」

リーバーは苦痛の色を浮かべた彼女の瞳を見た。その瞳は、彼がそれまで経験したことのないほど激しい欲望を感じた初対面のときから、つねに彼の毒舌に反応してきた瞳だった。

彼は自分がずっと彼女を苦しめていたのを知って、身を切られる思いがした。彼女はどれほど深い屈辱を受けてきたことか……。

リーバーは、彼女には何ひとつ自分を守る手段がなかったことにいまさらながら気がついてショックだった。だが本当は、それは初対面のときから彼が感じていたことだ。熱い思いで胸がいっぱいになり、考えられないほどの勇気と優しさに満たされた。「トーリー」彼はキスしながらつぶやいた。「きみを無器用だと非難したのは、きみに夢中になっているのを知られたくなかったからだ。ほかの女性にはこんな気持ちになったことはない。きみがいるだけで……感じるんだ。服を脱がして、その美しい体を抱くことができないなら死んだほうがましだとさえ思った。ひと目見た瞬間から全身でひかれた。そしてブラックジャックに乗せて帰るとき考えたことといえば、きみをこちらに向かせてぼくの……」リーバーは彼女を怖がらせるかもしれないと思って口をつぐんだ。「きみは無器用なんかじゃない。たったいまぼくが顔をそむけたのはどうかなりそうだったからだ。きみがほしくてたまらないけど、きみを傷つけてしまうのが怖いんだ」

トーリーは彼の真剣な顔に目をみはった。彼がここまで自分を求め、苦悩していたとは……。

「お願い」彼女は震える手で彼の顔を押さえて言った。「すべてを教えて、リーバー。このままじゃ耐えられないわ……これ以上傷つくことなどないから」

以前のリーバーならこの場ですぐに欲望を燃やしつくしてしまっただろう。しかし、彼女の運命がすべて自分の手にかかっていることを知ったいま、彼は強さとは優しさだということに気がついた。

「教えよう」彼はゆっくりと唇を重ねて言った。「きっとだ。でもまずきみを知りたい。そしてきみにもぼくを知ってほしい」

リーバーは彼女の背中からヒップへと愛撫して、トーリーのあえぐようなため息に酔った。トーリーの胸の頂が柔らかな綿のパジャマの下でひそかに彼の愛撫を求めているのを見てほほえんだ。

「きみの体はぼくを覚えているんだね？」彼はつぶやいた。「どちらが先がいい？ぼくの手か口か」

トーリーはその言葉に反射的に背中をそらし、頬を染めた。リーバーは彼女の反応ににっこりした。

「なんて純情なんだ。ああ、ぼくはきみのすべてを知ったら死んでもいい……」

彼が片方の胸に顔を寄せるとトーリーはあえぐような声をもらした。彼がもう一度頂をそっと吸うと彼女はこんどは小さな叫び声をあげた。

リーバーはうめくような声をもらしてもう一度唇を寄せてから、今度はもう片方に熱い唇を押しつけた。彼女は込み上げる喜びにもだえた。

彼はすでにウエストまでまくれ上がっている彼女のパジャマのすそを、キスをしながら少しずつ胸の上までまくり上げた。彼を求めて張りつめていた頂が彼の温かい唇でおおわれると、彼女は思わず腰を揺らした。

「気持ちを楽にするんだ、いいね？」彼は自分の欲望と戦いながら彼女をなだめた。

「リーバー……」彼の歯が柔らかい胸に触れると彼女は苦しそうな声をもらした。そしてリーバーをもっと近づけようとして脚を開いた。彼は何気ないそのしぐさに炎のように燃え、彼女の太腿《ふともも》をしっかりと押さえて撫でると、彼女は驚いて目をみはった。

リーバーはその一瞬で、彼女が本当に一度もそんなところを男に触れられたことがないのを知った。それより柔らかい秘密の花園など、なおさらのことだった。

「ああ、なんて愛らしい……」リーバーは彼女の体を官能の喜びがつき抜けていくのを感じながら、おへそのくぼみに口を寄せて言った。「まずきみに触れなくちゃ。最初はショックだろうが、過ぎてしまえばぼくと同じように自分から求めるようになる。体じゅうが、すべてぼくとひとつに結ばれているのを感じるはずだよ」

リーバーはもう一度彼女の体を撫でた。そして茂みに隠れた敏感な部分にてのひらをそっと押しあててから、太腿の内側を愛撫した。彼は初めての体験で彼女を怖がらせたくなかったので、トーリーの顔を見つめた。彼女の不安やためらいが手にとるようにわかった。指先はさらにデリケートな部分へと進んでいった。

「心配はいらない」リーバーは彼女の上気した顔を見下ろした。「ぼくがどんな思いでいるかきみにはわからないだろうね？」彼の声がかすれた。「ぼくはきみのすべてがほしい。いいかい、怖かったら言うんだよ」

トーリーの緑色の瞳が官能的に揺らめくのを見て、リーバーは炎にのまれるような気がした。彼の指先が下着の中心をさまようと彼女は身を震わせてこたえ、さらに太腿を愛撫しながら胸と唇にキスすると、トーリーは苦しそうな声をもらした。

「大丈夫」彼はささやいた。「きみの気持ちを無視するようなことはぜったいにしないから」

「変だわ……」彼女がじっとリーバーを見つめた。

「怖い？」彼は優しくたずねた。

トーリーは首を振った。「ただ……わたし、自分の体のことは全部わかっているつもりだったわ。でもそうじゃなかった。あなたがさわると体じゅうが感じて、それに……」

「それに？」

「体の奥が……」彼女はささやいた。「だれにもさわられたことがないところまで感じてしまうの」

リーバーは優しい声で言った。「ぼくはいまにきみのその部分に触れる」

彼はトーリーに唇を重ね、ふたりを隔てている薄い布地に指を走らせた。彼女が震えだすと彼は顔を上げてトーリーを見た。

「安心して」彼は静かに言った。「大丈夫だから。きみはきっと喜びしか感じないよ。胸を愛されたときのように感情を素直に表せばいい。あのときの感じを思いだしてごらん。あれは、きみがぼくから受ける喜びのほんの始まりにすぎないんだ」

彼が体を傾けておへそに顔を寄せ、舌や歯を上手に使ってキスすると、期待していたとおりに、彼女は自然と腰を上げた。その瞬間に彼女の下着をさっと下ろし、何も言うすきを与えずにリーバーは唇を重ねた。彼女は小さな声をもらし、ゆっくりと体をくねらせた。

彼女はリーバーのてのひらの動きにつられて、体の奥深くから官能のうずきがつき上げてくるのを感じた。恥ずかしさや怖さは通り越していた。彼女は求められるままに彼を受け入れながら、自分と同じ欲望に彼の瞳が暗く輝くのを見つめた。

彼は指先で柔らかく、繊細な部分をそっとたどりながら彼女の瞳をのぞき込んだ。「ほら」リーバーは彼女の小さな秘密のつぼみにそっと触れてささやいた。「わかるだろう？　きみがぼくにすべてを与えるときが来た」

リーバーの手の動きが激しくなると彼女はうめくような声をもらし、すっかり怖さを忘れた。そして、うっすらと開いた目で彼の瞳をうっとり見つめながら、また小さな声をあげて、自分から彼を求めた。

「きみは優雅で情熱的でダンサーみたいだ」彼がトーリーの瞳から目を離さずに、愛撫の手をさらに奥深くまで忍ばせると彼女はあえいだ。「そうだ」彼は低い声で言った。「きみがどれほど感じているか教えてくれ。どんなに……」彼は声を詰まらせた。「きみは最高だ……」ため息をついて身をかがめる。「このままどうかなってしまいたい。きみに見つめられたままで……」彼は身震いすると彼女に唇を押しつけた。

トーリーはわれを忘れて叫び声をあげた。彼の唇や体、さらにはまだ自分にはなんと言い表してよいのかもわからない未知なものがほしくて、彼に手を伸ばした。

「リーバー、わたし……」彼女の声がとぎれた。

「ん？」彼はつぶやき、今度はおなかに手をすべらせて湿った指先でおへそを愛撫した。「何？」

トーリーは彼を引き寄せようとシャツをぐっとつかんだ。するとファスナーが音をたてて開き、彼女はてのひらに初めて彼の素肌を感じた。

彼の熱い肌と張りつめた筋肉の感触に満ちたりた声をもらした。胸を撫でると黒い胸毛が彼女の柔らかな指のあいだで愛撫するようにもつれた。

「トーリー」

「だめ」彼女がハスキーな声で言い、そっと爪を立てると彼は低くうめいた。「やめないで。あなたってとってもいい感じよ、リーバー。それとも……わたしにさわられたくはないの？」

「体じゅうに、触れて、ほしい」彼は低いとぎれとぎれの声で言い、彼女の瞳をのぞき込んだ。「だけどきみがぼくの服を脱がして肌に触れたら、もうバージンではいられなくなる。ぼくは急ぎたくないんだ。いいかい、一度きりのことなんだよ。ゆっくりやらなくちゃ。それに、ぼくがどれくらいきみに夢中になっているかを知ったら、きみは怖くなるかもしれない」

彼はにっこりほほえんで、自分が言った言葉の重苦しさから逃れようとしたが無駄だった。むしろ彼女が怖くなって自分から去っていくかもしれないと考えただけで、彼女の気が変わらないうち、いますぐに彼女を自分のものにしたいと思った。

トーリーは彼の本心を聞くと不安感など忘れ、どうやって彼にもう怖くないことを伝えたらいいだろうと考えていた。

「いい気持ち？」彼女はリーバーの瞳がぼんやりと輝くのを見つめながらそっとたずねた。

「うん」彼はかすれた声で答えた。

「それじゃあ、今度は？」

彼女はジーンズをつき上げている情熱の証《あかし》に手を伸ばした。触れたとたんにリーバーはうめくような声をもらして、思わず腰を動かした。

「ああ」彼は目を閉じ、体を震わせて歯ぎしりした。彼は払いのけようとするように彼女に手を重ねた。どうすることもできないほどトーリーがほしかった。彼女の手をさらに強く自分に押しつけてゆっくりと体を揺らした。

リーバーが目を開くと、そこには喜びをともにしながらじっとこちらを見ているトーリーの姿があった。彼は一瞬、自分を抑制できなくなるかと思った。しかし強い意志と、彼女とひとつになりたい一心でどうにか切り抜けた。彼は内心いまの自分に驚いた。ほかの女性とは自分がどうやって満足するかなど特に問題ではなかった。しかしトーリーとの場合は別だった。なぜかはわからなかったがそれはとてもだいじなことで、激しい欲望よりもっと強烈な真実だった。

リーバーは彼女の手を取るとてのひらや指に激しく唇を押しつけながら言った。

「もう大丈夫だ」彼女を力づけるようににっこりほほえんで言った。「きみはバージンかもしれないが、もう、ぼくの裸を見て気を失ったり叫び声をあげて逃げたりはしない」

彼はブーツを脱ぎ捨て、好奇心に満ちたトーリーの目の前に自分をさらけ出して立った。その瞬間、彼女が息をのんだ音が愛撫のようにここちよく響いた。

「きみは裸同然の男たちを見慣れていると思ったが」リーバーはベルトのバックルに手を置いてほほえんだ。「それとも、きみのところじゃTシャツで泳ぐのかい?」

トーリーは彼のたくましい肩や、つやのある黒い胸毛に目を向けたままほほえんだ。

「もちろん布切れとも言えないようなしろものをつけた男たちは見慣れてるわ」彼女は言った。「でも水の抵抗を少なくするために体毛は全部そっているし、それにそっていないとしても……」彼女は震えながらリーバーに視線を向けた。「あの人たちはあなたとは違うわ、リーバー。あなたのような人はいないわ」

リーバーはその言葉を耳にすると嵐《あらし》のような欲望に襲われた。彼はトーリーのように情熱的な娘が、ずっと異性と関係を持たずにきたのはどういうわけか不思議に思った。そして彼女の言葉を思いだした。〝簡単なことよ、あなたに会わなかったからよ〟

彼女をじっと見ながらベルトをはずし、ジーンズのファスナーをおろすと、身につけていたすべてをすばやく脱いだ。好奇心に満ちた視線を感じ、自分の欲望の激しさを目のあたりにして彼女が驚いたのがわかった。彼女がいくら裸に近い格好をした男のそばで過ごしてきたとはいえ、欲望にいきり立った男を見るのは初めてなのだと彼は思った。

「気が変わって逃げるにはもう遅いよ」彼はまたトーリーの隣に横たわり、そっと彼女に触れた。

「気絶するのはどう？　それならまだいい？」

「怖がらなくてもいいよ」彼は自分の気持ちを抑えてそっとキスした。

「いまはまだ考えられないことのように思えるだろうが、でも、ぼくたちはぴったりひとつになれるんだ」

彼の手が彼女の体をたどり、柔らかな秘密の場所で止まった。愛らしいつぼみに指が触れると彼女は小さな叫び声をあげて身を震わせた。

「男の体の変化は単純明快だ」リーバーは彼女の胸に顔を寄せてつぶやいた。「でも、きみのその部分は触れてみるまでぼくにはわからない。きみが自分で触れてみればわかるはずだ。いまぼくが入っていってもきみは痛くない。喜びしか感じないんだ」彼はトーリーが恥ずかしさに頬を染めるのを見てほほえんだ。「ぼくが言ったことをただ頭に入れておけばいいさ、そうだろう?」

トーリーは彼の手の動きに息をのんだだけで、何も答えられなかった。そしてすぐに恥ずかしさを忘れ、とろけそうな愛撫に呼応して無意識に脚を曲げ体を動かした。

彼がもう一度触れると、彼女は震えるまぶたを閉じてわれを忘れた。

トーリーが腰を動かしてすべてを迎え入れようとすると、彼は目を細めた。そして汚れを知らない、傷つきやすい体を彼にまかせきっているトーリーを見て体がうずいた。彼女のすべてを知りたくて身をかがめたが、やがてうめくような声をもらし、目をそらした。

ついにリーバーは彼女にそっと体を重ねた。トーリーが目を見開いて体を硬くしている。「大丈夫」リーバーは唇を寄せてため息をついた。「いまからきみのすべてを味わいつくすんだ。ぼくはいままでこんなに燃えたことはなかった。きみのすべてがほしい。トーリー、バージンから恋人に変わっていくきみの顔を見たいんだ」

リーバーは愛撫を繰り返しながら彼女を貫く一歩手前で自分を抑え、トーリーの欲望がいっそう高まるのを待った。彼女はついに苦しげな声をあげて体をそらし、彼をしっかりと引き寄せて迎え入れようとした。

トーリーに腰をしっかりつかまれると彼は反射的に体を動かし、結ばれる直前、かすかに自分をこらえた。彼女が体をよじって、なおも激しく欲望をつのらせ、彼を求めている。リーバーは相手の腰を強く抱き締めて彼女の動きを静めた。そして太い声をもらし、唇を重ねて彼女が身動きできないようにした。

「ぼくを見て」彼はしゃがれた声で言った。「どんなのがいい？ ゆっくり？ それとも速く？ 優しくか、激しくか、どうでもきみの好きなようにしてあげたい。最高の気分になるようにね」

トーリーは欲望の暗い光をたたえた目を見開いた。「どういうのがいいの？ 最高の気分てどんな？」彼女の声は震えていた。

「奥深いところで限りなく燃えている感じだ」

トーリーは彼の体に爪を立てた。「そうね」彼女はささやいて体をしなわせ、息を切らしながら何度もそう言った。

彼が入ってくるのを感じ、燃えている彼の体が自分の一部になったような気がした。リーバーはかすかな手ごたえを感じたところで動きをとめた。

「痛い？」彼は体を震わせて自分を抑えながらたずねた。「答えてくれ、トーリー、きみが痛がったりしたら自分を許せないから」

彼の優しい言葉と激しい自制心に、彼女はどうかなってしまいそうだった。何度も喜びに震えながら彼の名を呼んだ。リーバーはついにぐいと力を込めて彼女の奥深くまで入っていった。彼女が自分の体の変化を悟って目を見開き、喜びにもだえて自分の名を呼ぶのをじっと見ていた。

「さあ、きみはもうぼくのものだ」リーバーはつぶやき、彼女の唇に激しくキスした。

「ああ、きみはなんてすばらしいんだ。熱くとろけるようだ」

彼は自分の動きに合わせて彼女にキスをした。彼女は蜜《みつ》のような快楽の波に揺られながら一歩一歩昇りつめていった。

リーバーもトーリーが彼のすべてを求めてもだえるのを感じてわれを忘れ、彼女と同じ階段を昇っていった。彼女の小さな叫び声に彼はあわてて動きをとめようとした。しかし、ほんの少し身を引くと、彼女はしっかりと彼の腰をとらえて引き寄せようとした。

「もっとしてほしいのかい？」リーバーはそっと彼女の胸の先端をかみ、彼女の喜びに引き込まれるように身を震わせた。「脚をぼくの腰にからませてくれ」彼はハスキーな声で言った。「痛かったら……」言い終わらないうちに、喜びにあふれるしなやかな体に包まれた。彼はゆっくりと体を動かした。「痛く……ない？」彼があえぎながら小さな円を描くように腰を揺らすとふたりはいっそう燃え上がった。

トーリーが急に全身を緊張させて小さな叫び声をあげた。そしてリーバーは至福の時が満ちてきたのを知った。彼女は目を開けて彼の瞳をじっと見つめ、苦しそうに彼の名を叫んだ。そしてしまいには息もできず、何も見えなくなって彼の腕にしがみついた。リーバーは彼女をしっかり抱き締め、けんめいに自分を抑制しながらゆっくりと深く体を動かした。死ぬまで彼女とひとつになっていたかった。彼女の体が至福の時を迎えて小さく波打つのを感じ、唇から彼の名前がこぼれるのを聞いていたかった。

しかしリーバーにはもう彼女の叫び声も聞こえなかった。というのも今度は自分が彼女の名を呼びながらすべてを忘れ、それまで経験しなかったほど、ここちよい、燃えるようなクライマックスを迎えたからだ。

奥深いところでふたりは果てしなく燃えていた。

8

牧場はこのうえなく美しかった。あたり一面緑のじゅうたんが敷きつめられ、野の花が風にそよいでいる。黒みがかった松が牧場の三方を囲み、あとの一方は、でこぼこした低い花崗《かこう》岩の崖《がけ》が青く輝くウルフ湖にそってうねっていた。牧場を通るウルフ川はきらめきながらゆっくりと渦を巻いて流れていた。牧場を見下ろす峰のすぐ下には杉材でできた小さなロッジ——サンダンス荘があり、窓が川の水を映して銀色に輝いていた。

新しい道路は尾根づたいに三キロ以上離れた郡道につながっていた。ロッジから湖までの小道がぼんやりと見える。牧場を通るほかの小道も、カウボーイたちがいることでそれとわかった。彼らは周囲の森の静かな小道で木に斧《おの》を振るって仕事をしていた。休暇を牧場で過ごす観光客のために道を切り開いているのだ。ここへ来る都会の人間は馬にさえ乗ったことがないのだから、まして昔、先住民たちが獲物を求めて暗がりをひっそりと動きまわっていたころそのままの森になど、入ったこともないだろう。

「ペイトンの言ったこと本当だったのね」トーリーは馬を休ませながら、隣に立っているリーバーに視線を向けて言った。「ここは生きていくにはすばらしいところだわ」

リーバーはほほえみ、彼女の頬から口もとに指を走らせた。「そうだ」彼は言った。

ここ二週間ほどリーバーがあまり優しくて愛情深いので、彼女はときおり必死で涙をこらえなければならなかった。彼はどんなことをしても、もう彼女に辛《つら》くあたることはなかった。それはまるで、自分の毒舌にかつて彼女が顔を曇らせたのを忘れようとしているようにも見えた。リーバーは彼女に乗馬を教え、のみ込みの早さをほめた。庭で一緒に働くときもそうだった。そして植物の豊かな生長には彼女と同じくらい大喜びした。

一週間前の朝食のとき、作業用手袋のときと同様に一足のカウボーイブーツが彼女の椅子のわきに置いてあった。彼女は、なぜそんなところにブーツがあるのかわからないと言う男たちの言葉を今度は信用した。つやのある革のブーツをまるで舞踏会に残されたガラスの靴でもあるかのように、そっと彼女にはかせるときのリーバーの顔を見た。そしてけさはまたなんの前置きもなく、彼女にぴったりの柔らかいクリーム色のカウボーイハットが現れた。

トーリーはブーツをもらったあとは、もう贈りものをもらうわけにはいかないと彼に言った。するとリーバーは彼女の髪を撫《な》で、自分はそんな帽子は見たことはないので、きっと妖精《ようせい》のしわざにちがいないと冗談を言った。彼女は涙があふれ、どうすることもできなかった。涙が頬を伝って彼の指に落ちると、彼はそれをキスで拭《ぬぐ》った。

彼女はそのとき、もう少しで彼を愛していると言葉に出してしまいそうになった。しかし彼はその言葉を言わせてくれないだろう。でも真実なのだ。彼女は苦しいほど、そしてわれを忘れるほど彼を愛していた。

「そんなふうに見るんじゃない」彼は言った。

「そんなふうって？」

「まるでぼくの瞳から、太陽が昇ったり沈んだりするみたいにさ」

「あら、でも本当にそうよ」彼女はそう言うと、リーバーに何か言われないうちにほほえんで続けた。「あなたが朝早く東を向き、夕方遅く西を見ているとそうなるわ。都会っ子にもそれくらいはわかるのよ」

リーバーはためらい、ほほえんで首を振った。「きみは変わった。信じられない……ゆうべはきみが若い牛の初産を手伝ってくれたんで夕食が遅くなったね。驚いたよ。男たちは青くなってあわてていただけなのにきみは違った。わらの中でぼくのそばにいてけんめいに引っ張ってくれた。家に戻るころには全身ずぶ濡《ぬ》れだったじゃないか」

「いつでもやるわよ」トーリーはまつげのとても長い、大きな目をした子牛がよろよろしながらお乳を探していたのを思いだして表情を和らげた。「牛舎に入ったときは雌牛が一頭だけだったのに、帰りには二頭になっているなんて奇跡としか思えない経験よ」彼女はまた彼を見つめ、表情を変えた。「もちろんあなたとのことは別よ、リーバー」彼女はささやいた。「あなたに抱かれると太陽があなたの瞳から昇ったり沈んだりするだけじゃないわ。全世界が燃えているの」

リーバーは一瞬彼女の心を見透かすようにじっと目を見た。彼はしばらくしてやっと口を開いた。「ぼくもそうだ。愛しあうたびにますますすてきになって、つぎのチャンスが待ちきれないんだ……」彼はふいに身をひるがえしてブラックジャックに乗った。「ジェドがもうあの大きな松を切ったかどうか見てくる」手綱をあやつりながら彼女を見て言った。「きみを草の上に押し倒して、愛したりしないうちに行ってくるよ」

「リーバー」彼女は苦しそうに言った。「あなたがほしいわ、ああ、わたし、まるで……」

「地獄の炎だ」彼はかすれた声で言った。「わかるよ、きみをひと目見たときからぼくも同じだ。目を閉じてごらん」

「なぜ？」彼女は目を閉じながらたずねた。

リーバーは鞍《くら》の上から身をかがめ、彼女を抱いて熱いキスをした。「そのすてきな目を開いちゃだめだ」彼はしわがれた声で言った。「そうでないと離れられないから」

彼はゆっくりと彼女を離し、もう一度すばやくキスするとブラックジャックをくるりとまわした。

彼女はひづめの音が聞こえなくなると目を開いて長いため息をもらし、ツィンクルトーズにまたがった。穏やかな雌馬をあやつって水辺に続く小道を進んだ。湖に沿って続くその道はカウボーイたちの手できれいにしてあった。

「あら、ダッチ、炉はどう?」

やせてはいるが元気なダッチは、水に洗われてなめらかになったバスケットボールのように大きな石を作業中の炉に落とし入れた。「ゆっくりやっているよ、トーリー。どうしたら馬の上からうまくやれるか考えていたんだ」

トーリーはほほえんだ。彼女は男たちがみな、馬に乗ったままでできる仕事しかやりたがらないのを知った。「ここにしばらくいるの?」

「ああ、また泳ぎに行くのかい?」

「もちろん」

ダッチは首を振った。「ケーキみたいに愛らしい人がどうして水に溶けてしまわないんだろう。おかしいよ」

「だれかさんがまたピーチパイの催促をしてるんだわ」トーリーはつぶやいた。

彼はにこりとした。「パイ？　今夜作るのかい？　おれはピーチには目がないんだよ」

「本当？」彼女はわざと驚いてみせた。

ダッチは笑い、ウインクをしてまた具合のいい石を選びだした。トーリーはツィンクルトーズを手近の木につなぎ、鞍に取りつけた袋からタオルを出して湖に走っていった。彼女はそこで服を脱ぎ水着姿になった。

一〇日ほど前、リーバーがもうそろそろペイトンの事業に最後の仕上げをするころだと思ったとき、トーリーがウルフ湖の下の泉のひとつに温泉が出ているのを見つけた。何カ月も泳ぐのをがまんしてきた彼女には、深くて澄んだ水の魅力を無視することはできなかった。彼女が初めて泳ぎに行くとカウボーイたちは一列になって彼女を見つめた。リーバーは彼女をひとりで泳がせたくはなかったが、まさか周囲八〇キロ以内の男全員を護衛にしてしまうとは思わなかった。彼は自分でトーリーについているわけにはいかなかったのでダッチを湖にやり、炉作りと彼女のつき添いを命じた。リーバーはダッチがトーリーに対して、保護者のような関心しか持っていないことを知っていたからだ。

小石でおおわれた岸辺の水はとてもさわやかだった。温泉はここまで流れてこなかったし、湖全体の温度が上がるには季節が早すぎた。ただ、低い崖の下の水だけは湖の底のほうからひそかにわき出る温泉で温められていた。

彼女はさっと水にもぐり、およそ五〇メートル先の崖に向かって泳いだ。底が急に深くなっているので目の下の水の色が変化している。崖の近くがどれくらいの深さなのかはわからなかったので、きょうはそれを調べるつもりだった。

水に慣れ親しんできたトーリーは、えびのように体をくるりと曲げてまっすぐにもぐった。急に水圧が増し、彼女はつばをのみ込んで耳抜きをした。まわりはすべて澄んだ青い水だけで、岩も植物も何もない。彼女は一〇メートル以上もぐったことを確かめると、すばやく回転して銀色に輝く水面に戻った。

彼女は頭を振って顔にかかる髪をどけ、ゴーグルを上げた。そしてこちらをじっと見ているダッチに気がついて手を振ると、五、六メートル泳いでゴーグルをつけ、またもぐった。彼女はいちばん低い崖の下の水中をくまなく調べまわった。きのうはもうひとつの崖に立って注意深く水面を観察した。一日のうちの違った時間に来ると、日差しの角度によって澄んだ水中が見通せるのだ。見たところ深い湖に張り出した花崗岩の突出部から飛び込んでも危険はなさそうに思えた。

結局、何も危険なものはなかった。花崗岩の崖はほとんどでこぼこがなかったので、どんなにへまをして飛び込んでも岩にぶつかることはなさそうだ。突出部の下の水も深く澄み渡っていて、飛び込みプールのようだった。

彼女はそよ風に幾分震えながら、崖のいちばん端に立った。右側には空をつき刺すように岩がそそり立ち、左側にはなだらかな岩が岸辺を縁取っている。眼下の湖にはさざ波が立って青く輝き、ささやくように語りかけている。彼女は崖の高さはだいたい一〇メートルだと思った。一〇メートルの飛び込み台から何千回も飛び込んだ経験から感覚的にわかるのだ。そこに立って湖をのぞき込んでいると……。

彼女は飛び込みたくてたまらなくなった。毎晩すくなくとも一時間はひざの運動をしている。リーバーの腕につかまり、農場や彼の複雑な家庭の話を聞きながら運動しているとすぐに時間が過ぎていった。彼女も彼に自分の家庭の話や、スイミングクラブのオリンピックプールで過ごしてきたことを話した。

熱心な訓練と手当てを続けていたが、もう一方のひざのように強くはなっていないかもしれないと思った。それを確かめるには飛び込んでみるしかなかった。

彼女は崖に立ち、ウルフ湖が自分の将来についての解答を出してくれるかのようにじっと湖に見入った。そよ風が水面をかすかな銀色に浮き立たせる。彼女は自分が震えていることに気がついた。が、それは寒さのせいではなかった。サファイア色の湖にくるりと背を向けると、トーリーは急いで小道を下っていった。

「あの崖が大好きなんだろう?」ダッチは乗馬用の服を着たトーリーを見上げて言った。「見晴らしが抜群だからね」

「そうね」震えながら早口で答えた。

ロッジに戻ると彼女は部屋に行って乾いた服に着替えた。三つの寝室とキッチンのある建物は、ロッジとコテージの一部分にあたり、すっかり完成していた。そのほかは大工やペンキ職人が来るのを待っていたが、彼らはいつもほかの場所で忙しそうに働いていた。それでもリーバーは文句を言わなかった。彼はサンダンス荘がオープンしなくても気にならないのだろう。急いでキッチンに入っていったトーリーは驚いて立ち止まった。リーバーが大きなレンジの上で、肉をいためてチリコンカルネを作っていた。

「堅パンを作ってくれれば」彼は顔を上げて言った。「もう夕食にできる。そうしたらこっそり馬に乗って、ぼくが話したあの小さな秘密の牧場へ行こう」

夕食の準備はすぐに終わった。彼女とリーバーは松林のあいだにロープを渡しただけの囲いのほうに手をつないで歩いていった。そこにいたのは鞍をつけていないツィンクルトーズだった。

「ティーグにブラックジャックを使っていいって言ったんだ」リーバーは言った。「ふたりでツィンクルトーズに乗ろう。きみももう裸馬に乗るのを覚えたころだろうし」彼はにやりとして彼女を見下ろした。「そんなに心配そうな顔をするんじゃない。ツィンクルトーズはすごくおとなしいだろう？　おなかにぶらさがったってちっとも気にしない。それにぼくに思う存分しがみついていたらいいんだ」

リーバーは左手でツィンクルトーズのたてがみを押さえ、あぶみがあるときと同じようにひらりとまたがった。

「口を閉じないと蝿《はえ》が入るぞ」彼がからかった。

「どうやって乗ったの?」トーリーはたずねた。

「練習さ。力で乗る手もあるがね」

「冗談はやめて」

「左手でぼくの左のひじのすぐ上のあたりをつかむんだ」彼は彼女の上に身をかがめて言った。「ぼくのブーツがあぶみだと思って足をかけて」

トーリーが言われたとおりにすると、急に体が持ち上げられてあっというまにリーバーのうしろに乗せられた。ジーンズを通してツィンクルトーズのぬくもりがまず最初に肌に伝わり、つぎに雌馬が体を動かすたびにたくましい筋肉の動きを感じた。それに実際に愛しあうには及ばないが、ふたりで裸馬に乗るほど胸がときめくことはなかった。

「用意はいいね？」リーバーがたずねた。

リーバーは振り返り、彼女のうっとりとした顔を見て、トーリーもこうやってふたりで馬に乗るのをずっと楽しみにしていたのを知った。彼は何かたくらんでいるようにゆっくりとほほえんだ。

「ぼくにしがみついて」リーバーが言った。彼女がそのとおりにすると彼は体をそっとひねって彼女の胸に背中を押しつけた。彼女が小さくあえぐのが聞こえる。「ああ、トーリー、きみの胸がぼくを求めているのがわかるよ。いまにぼくが思い描いていたとおりに、激しくきみを燃やしてあげるからね」

リーバーにぴったりとついていた太腿《ふともも》を彼の指がたどるのを感じて彼女はため息をもらした。「あなたと一緒に」彼女の声は震えた。「誓うわ」

「ああ、そうだ。さあ、つかまって」

リーバーが軽くかかとを触れると、ツィンクルトーズはななめに傾く日差しのなかを歩きだした。何分もしないうちにトーリーはいとも簡単に裸馬になじんでいるのに気がついた。鞍がないほうがむしろ馬の動きをとらえやすい。一キロ半も行かないうちに彼女はゆったりと彼にもたれ、日の光と穏やかな馬と、愛する男のぬくもりに浸った。

リーバーは彼女の体の動きで裸馬に慣れてきたのを感じた。彼はそろそろ彼女の気をそらしても大丈夫だと思ったのか、彼女の片手を自分の口もとに持ってきた。そして五本の指に順ぐりにキスしながら、感じやすい部分にそっと歯を立てた。さらにてのひらをいくぶん強くかむと、彼女は震えながら体を弓なりにして彼にしがみついた。

やがて彼女は指先で彼の胸の先をさぐりあて、優しく愛撫《あいぶ》しはじめた。彼は低い声をもらしてその手を離させようとしたが彼女はやめなかった。彼女は馬の歩調に合わせて手を動かし、体を彼に押しつけた。

つぎにトーリーは彼のシャツに手を差し入れて素肌に触れると小さな声をあげ、スナップをひとつずつはずした。さらにトーリーが豊かな胸毛に指を差し入れると、リーバーの体の芯《しん》がうずいた。

手綱を離してシャツを脱いだリーバーの背中に熱いキスの雨が降ってきた。トーリーが満ちたりた声をもらしている。彼女は彼を味わうかのように口を開き身を震わせた。

リーバーは息苦しくなり、ふたつの炎にとらえられているような気がした。それは胸の上のトーリーの手と、背中を愛撫する唇だった。彼の手がゆっくりとトーリーの太腿をさすりはじめると彼女は体を揺らした。トーリーもだんだんと手をジーンズのほうへ下ろしていき、彼の太腿を撫ではじめた。そして指先がついに彼のものに触れた。

「トーリー……」リーバーがかすれた声で言った。

彼女は手を離した。

「いいでしょ？」トーリーは彼から教えられたようにゆっくりと熱い思いを込めて彼の背中に歯を立てた。「お願いよ」

リーバーはブルージーンズの上からいとおしそうに愛撫している彼女のデリケートな指先を見下ろした。その手を止めるべきだと彼は思った。しかし初めて彼女をうしろに乗せた日から、どれほどこうなることを夢見たことだろう。彼女がジーンズのファスナーを引くと彼は激しく身を震わせた。

「リーバー」彼女は熱い吐息とともに言った。「ああ、早く……」

彼はゆっくりと彼女の手を導いた。トーリーがハスキーな満ちたりた声をあげた。リーバーはとろけるような思いに包まれて苦しそうにうめき、彼女にもっと具合よく包まれようと体をずらした。

「あなたに触れるのが好き」トーリーは熱い吐息をつきながら言った。「あなたの体が変わっていって、いっそう激しくわたしを求めているのがわかるの。あなたの体全部が張りつめてくるのよ。いまわたしが触れているところだけじゃないわ」彼女は相手の背中に口を寄せた。「とてもたくましいのね」彼女はささやいた。「あなたのたくましさが好き。少し塩辛い素肌の味も、体のぬくもりも大好きだわ。わたし、あなたを……」

彼女はどれほど彼を愛しているかを告白しそうになって口をつぐんだ。

「すべてが好きよ」彼女はつぶやき、情熱の証《あかし》の感触を確かめた。「あなたの全部が好きだわ、リーバー」

「ああ……」リーバーは苦しそうな声をあげた。彼女のほっそりとした指先が彼を愛撫しているのを見ると、体に電流が流れるような気がして、リーバーはこれ以上ないほど興奮した。「やめるんだ」彼はかすれた声で言った。「どうかなりそうだ」

「それならもう一度最初からやりなおさなくちゃ、そうでしょう？」トーリーはおもしろそうに言うと、そっと笑いながら跡が残るくらい強く背中に歯を立てた。「わたし、待てないわ」

リーバーは彼女の手を見つめてじっとこらえた。やがて、彼は情熱の頂点を迎える前ぶれを感じた。彼女の手の動きを止めながら彼女の名を呼んだ。そしてトーリーも同じように欲望に燃えているのを感じて、彼は熱い思いをいっそうたぎらせた。

やっと彼女の手をどけてファスナーを閉めた彼は、トーリーのてのひらにキスをしてから、彼女の気持ちを落ち着かせようとして腕を撫でてやった。呼吸が整うまで長い時間がかかった。やがてリーバーはツィンクルトーズをとめ、そっと馬から降りた。

「どうしたの、リーバー？」トーリーはたずねた。

「前に行って体を右に傾けてごらん。こんどはきみの番だ。もうぼくのものだよ」

彼女は意味がわからなかったが、言われたとおりにした。するとリーバーがひらりと彼女のうしろにまたがり、手を伸ばして手綱を取った。彼がそっとかかとで押すとツィンクルトーズはほの暗い小道をのんびりと進みだした。馬はほうっておいても歩き続けるとわかっていたので彼は手綱を離した。

「最初からこの道を行くつもりだったんだ」リーバーは彼女をしっかり抱き寄せた。「でも牧場まで行けるとは思わなかった。だけどさっききみがひどく……ぼくと同じくらい求めているのがわかったからね」

トーリーはけげんそうに振り返った。まだ彼の言っている意味がわからなかった。リーバーが官能的な目つきでほほえんだのを見て彼女は息をのんだ。彼は彼女のあごをとらえ、唇にそっと歯を立てた。彼女は体の芯から熱くなり、急に胸の先が反応した。

「わかってるんだね」リーバーは首筋に唇を寄せるとトーリーのTシャツを引いて胸の線をあらわにした。

「何が？」

「きみの胸さ」彼は相手の横腹をてのひらでさすりながら言った。「ほら、ぼくが触れようとすると変わるんだ」彼女の胸の上で彼が空中に円を描くと、まるで愛撫されたかのようにぴんと張りつめた。「いまにぼくの手や口に愛撫されるってわかっているんだ」彼は彼女の太腿に指をすべらせて低い声で言った。「ねえ、ほかの部分もわかっているのかい？　ぼくに見えないところも？」

トーリーは身震いし、リーバーはほほえんだ。

「確かめてみよう」彼は太腿を撫でながら首筋に舌をはわせた。「でもいますぐじゃない」彼は横腹に戻した手を、今度は柔らかいTシャツの下から差し入れた。そして胸には触れずにそのふくらみに沿って円を描いた。

「リーバー」彼女はかすれた声で言い、体をよじって彼に触れようとした。「苦しめないで」

「苦しめちゃいない」彼はそっと笑うと言った。「これからさ、いまにぼくの両手がきみの胸をしっかりとらえる。そしてきみの体の奥深くで何かが花開くまでピンク色のつぼみを愛してあげる。それからジーンズを脱がせると、そこにはもうひとつのつぼみがある。ぼくがそれを愛撫すると、きみはしまいには馬に乗っていることも忘れて夢中になってしまう。だからぼくはきみをしっかり押さえていなくちゃならないな、きっと」

トーリーは何か言おうとしたが、体が震えただけだった。リーバーは彼女が燃えているのを見てほほえんだ。

「もう待てない」彼は低くつぶやき首筋に唇を寄せた。「何週間も前、きみをブラックジャックに乗せて農場に戻ったときから、ずっとこうするのを夢見ていた。ブラックジャックはこんなにおとなしくないし、きみもあのときは馬に乗れなかった。でもいまは違う。さあ、手をあげて。きみがどうなるか知りたいんだ」

トーリーはゆっくりと頭の上に手をあげた。彼は彼女には触れずにTシャツをするりと脱がした。服が胸の先端をかすめたとたん彼女は息をのんだ。彼は左手を彼女のウエストに置き、右手で自分のジーンズのウエストの内側に彼女のTシャツをはさみ込んだ。そして彼女をぴったりと抱き寄せた。クリーム色の曲線と深いピンク色の先端が彼の目に入ってきた。彼は柔らかく温かい胸をそっととらえた。彼女のなめらかな青白い肌と黒い毛におおわれて日焼けした自分の腕がひどく対照的に見え、リーバーは自分がいっそう男らしく燃えるのを感じた。

「生まれてからずっと、この瞬間を待っていたような気がする」彼は腕をこすりつけながら言った。「きみを乗せて帰ったあのとき、ぼくはきみのTシャツを引き裂いてその愛らしいつぼみがぼくの肌に押しつけられるのを見たかった。そしてこんなふうにきみに触れたとき……」

彼の右手が胸の先端をかすめると彼女は全身を硬くした。

「そうだ」彼は低い声でいった。「きみはちょうどそんなふうにぱっと反応したね、まるで電気に触れたみたいに。ぼくに触れられるとそんな気がするのかい？　苦しくなるほどどすてきかい？　ぼくはきみに触れられるとちょうどそんな気がする」

「リーバー」彼女はもうすこしで触れそうな彼の手を見て苦しそうに言った。「ああ、リーバー、お願い……」

「こんなに感じている」彼は両手にトーリーの胸を包み込んだ。「きみを見つめ、きみを感じるのが好きだ。自分がきみに、いましていることを確かめながら。そして
……」

リーバーが指のあいだにバストをはさみ込むようにして巧妙に愛撫すると、彼女はうっとりして腰を揺らした。

「どんな感じか教えてほしい」リーバーはハスキーな声でそっと言った。「体の中が……とろけるように熱くて……」彼女は体をそらしてさらに激しくリーバーを求めた。

「針金が……締まっていく感じ」トーリーは苦しそうに言った。

「手をぼくの手に重ねてごらん。もっとどんなふうにしてほしいか示すんだ。恥ずかしがっちゃだめだ」彼は彼女のうなじが赤くなったのを見て言った。彼は胸から手を離した。「どうやってきみを喜ばせたらいいか知りたい。きみの理想の恋人になりたい。きみはあのときぼくに触れられたくなかったのかい？　裸でぼくとふたり乗りをし、どうかなるまで愛されたくなかった？　ぼくはそれができたらと思った。そしていつもその夢を見て目覚めると、汗びっしょりで震えているんだ」

トーリーの吐息が震えた。日の光と空気の愛撫だけではたりなかった。彼女は太腿に置かれた彼の日焼けした力強い指先と、ばら色に張りつめた胸を見下ろした。彼女はゆっくりと彼の手を取り、自分の胸をすっぽりとおおった。そして体を左右に振って敏感な胸を彼のてのひらに押しつけた。彼がそれをつかむと彼女は身を震わせ、頬をすり寄せて男らしい胸の感触に浸った。

リーバーは彼女がうっとりと目を閉じるのを見つめた。彼が胸を愛撫し続けると、トーリーは頬を染め苦しげに呼吸した。彼は彼女の顔を自分のほうに向けてキスをし、片方の手で彼女の体を繰り返し愛撫した。やがてその手が三度目にジーンズに触れ、ファスナーが開かれた。そして細長い指が彼女の下着の奥に忍び込んだ。

リーバーが優しく愛撫すると彼女はあえぎながら声をあげた。その声を彼はどんなに夢見たことだろう。彼はうなじに唇を寄せ、とろけるような愛撫を続けた。彼女は思わず腰を浮かしてさらに彼を求める。彼は満ちたりた声をもらし、親指でつぼみを撫でながら絹のようになめらかな秘密の泉をとらえた。彼女がもだえるとリーバーは自分にどうしてほしいのか耳もとで彼女にたずね、彼女が答えおわらないうちにその望みを満たしてやった。彼の手に愛撫されて彼女の蜜《みつ》のように甘い体は燃え上がった。

「リーバー……」彼女はつぶやき、喜びを体いっぱいに表した。「ああ、もうだめ」彼女はついに叫んだ。「耐えられないわ……わたし……」

「それじゃあ、また最初からやりなおそうか?」彼はいましがた自分が言われたことを言い、にっこりして彼女を見た。「きみとだけはやりなおすなんてことはないんだ。二度目にはもっと高いところまで昇りつめるんだから」

トーリーは何か言おうとしたが、言葉にならない。自分の体はもはや自分のものでなく、ただ愛撫に身をよじって小さな叫び声をあげてもだえるばかりだ。彼はトーリーを馬上でしっかり抱き締め、ばら色に上気した頬にキスをし、彼女が自分を取り戻すのをゆっくりと待った。彼女が震えるような長いため息をもらすと彼はほほえみ熱い肌に唇を寄せた。

「これはほんの始まりにすぎない」彼はしっとりとしたぬくもりを味わいながらささやいた。「ごらん、牧場に着いたよ」

トーリーはゆっくりと目を開いた。あたり一面草が生い茂り、光を浴びて輝く花々の香りに満ちていた。リーバーは馬を降りてトーリーを腕に抱いた。そして、ひんやりとした草がひざまで茂る小さな丘まで歩いていった。彼が欲望をたぎらせて彼女のほうに身をかがめると、彼女の瞳は夏草のように深い緑に染まった。彼はゆっくりと服を脱がせ、自分も裸になる。それからそっと彼女の脚を開き、愛撫して、いぶし銀のような味わい深い瞳で彼女を見つめた。

「ずっと夢見てきたとおりにきみを抱きたい」彼女の脚を指でたどりながらささやいた。「きみはいままでは受け入れてくれなかったと思う。こんなふうにするのはぼくだって初めてなんだ」

トーリーはおびえたような瞳を彼に向けた。彼がこれほど興奮しているのは見たことがない。彼の裸の体を見ると、彼女は体の隅々にまで電流が流れるような気がして、期待で胸がはち切れんばかりだった。リーバーが自分の脚のあいだにひざまずくと、彼女は彼が発する嵐《あらし》のような欲望に驚き、震えだした。彼は彼女に体を重ね、体じゅうをゆっくりと愛撫しはじめた。

ふたりは激しく唇を交わしあった。やがて彼が唇を離すとトーリーがかすかな声をもらした。リーバーが首筋にキスマークを残したときには彼女は驚いて声をあげた。彼はキスの跡に唇を寄せてから口をもっと下へ運び、同じように激しく胸を吸った。彼女は巧みな舌の動きにもだえた。

次にリーバーは彼女の横腹に唇をはわせた。トーリーはおへそにも何度もキスされて、そのたびにとろけてしまいそうな戦慄《せんりつ》を覚えた。彼女が彼の髪に指を差し入れてしっかりと引き寄せると、リーバーは彼女の震える体にそっと歯を立て、さらに下へとおりていった。リーバーが内腿を愛撫すると、彼女は耐えきれずにさらに体を開いた。彼が初めてそこに唇を寄せると彼女は全身を硬くした。

「大丈夫」リーバーがキスをしながら言った。「もう大丈夫だ」

「何が？」彼女は震える声でささやいた。

「結ばれながらぼくと一緒に死んでもさ。そしてまた同じように生まれてくる、ぼくと一緒にね。ふたりは魂までひとつになるんだ」

トーリーは答えなかった。答えられなかったのだ。彼女はそれまで知らなかった熱い感動にわれを忘れて彼の名を呼んだ。すると彼はそれに答えるように彼女を愛撫し、彼女は炎のような喜びに震えて声をあげた。

リーバーは唇を重ねると、ついに燃え上がる彼女の体に押し入った。自分と同じように彼女が激しく昇りつめていくのを感じ、ゆっくりと体を動かした。彼女の体の震えが消えていく。彼はトーリーが目を開くのをじっと待った。

「トーリー……」リーバーはつぶやき、彼女の唇にそっとキスした。

彼女は目を開き、まだ欲望の揺らめく彼の瞳をまっすぐに見つめた。「リーバー？」

「何？」彼はささやいた。「いま始まったんだ」

彼の力強い動きにトーリーは息をのんだ。そして二度目には、情熱の頂点でゆらめく体が燃え上がった。彼女はこのうえもない快楽に酔いしれ、叫び声をあげまいと唇をかんだ。そして欲望の炎に包まれながら彼の体じゅうの筋肉が張りつめるのを感じていた。彼の肌のじゃこうのような刺激的な匂《にお》いを吸い込みながら、自分の体の中の彼の動きをすべて意識した。動きはさらに激しさを増し、彼女はわれを忘れた。

涙を流し、歓喜の声をあげながら思わず彼の背中に爪を立てた。これ以上の喜びがあるだろうか？　もうだめと言おうとしたが声にならず、さらに情熱の極みまで昇りつめた。すると彼女の名を呼ぶリーバーの苦しげな声がぼんやりと聞こえた。彼が全身の力をこめて貫くと彼女はその絶妙な感覚と、波のように襲いかかる快楽の渦にのまれて叫び声をあげた。

トーリーは少しずつわれに返った。そこには青い空と風にそよぐ夏草の緑と、彼女を見つめる日焼けしたリーバーの顔があった。どこかでささやくような声がした。

「愛している、愛しているわ……」それは続けざまに響いた。

彼女は最初夢を見ているのだと思ったが、やがて自分は目覚めていてリーバーにじっと見つめられているのに気がついた。しかも言ってはいけない真実の言葉をささやいていたのは自分の声だった——〝愛しているわ〟

9

トーリーは農場への長い道のりを黙って馬に乗って戻った。リーバーはとても優しく、彼女をまるで壊れやすい陶器かなにかのように扱った。彼は彼女がもらした〝愛しているわ〟という言葉を聞いたのをほのめかすようなことは何も言わなかった。しかし、彼はたしかに耳にしたはずだと彼女は思った。

リーバーはあの日以来ずっと彼女に触れようとしない。

五日がたち、そのあいだ彼女は毎日がとても長く感じられた。しかし、ふたりは恋人同士になる前のぎすぎすした関係に戻ったわけではなく、リーバーは相変わらず彼女にとても優しかった。しかしトーリーは心の奥で悲鳴をあげていた。というのは、彼が親切にしてくれればくれるほど、彼がこれ以上自分を苦しめまいとして自分から離れていくのを感じたからだった。

〝彼はわたしを愛していなかったのよ〟

トーリーは身を切られる思いでそう思い込んでいた。彼女には自分がまだ、肉体的に求められているのかどうかさえわからなかった。彼は親切すぎるくらいだったが、その瞳には以前のような情熱に揺らめく炎はなかった。そこにあるのはただ悲しみだけで、彼女はそれを見るとますます辛《つら》くなり、ひそかに嘆き悲しんだ。

「やあ、トーリー」ダッチがそう言いながらうしろ手にキッチンのドアを閉めると、ぴかぴかの大きなレンジにうれしそうな視線を向けた。

「何を作っているんだい？」

トーリーはまばたきをして手もとを見た。牛肉を角切りにしていたのだ。シチューを作るんだったわ……ゆうべもシチューにしただろうか？　それともおとといの晩だったろうか……彼女は思いだせなかった。いま何を作っていたかさえ、調味した小麦粉に入れる赤い肉の塊を見てから思いだしたくらいなのだ。

「シチューじゃないかしら」彼女は言った。

「いいぞ！」ダッチはさもうれしそうに言った。「一週間ぶりじゃないか。肉汁をたっぷりと、いいね？」

「中で泳げるくらいにね」

いまの彼女は機械じかけで動いているようなものだった。早くこんな状態は終わりにしなければならない。これまではどんなショックを受けたときでも、こんなふうにはならなかった。

なぜリーバーは話しかけてもくれないのだろう？　ふたりだけのときこちらから話しかけようとすると、そのたびになぜ避けるのだろう？　まるでわたしの指のあいだを通り抜ける水のように……。

でも今夜は違うかもしれない。もしほかに方法がなかったら、彼が寝るまで待とう。そして彼のベッドルームで彼の気をひいて、そして……。

「危ない！」ダッチの声と同時に、トーリーが使っていたナイフがすべって指に赤い筋がしたたった。彼女は何も言わずナイフを置いてシンクに行った。そして蛇口から出る冷たい水に指をさらした。

「痛い？」ダッチは彼女のわきから心配そうにたずねた。

「どうしたんだ？」戸口からリーバーの声がした。

トーリーは彼の声を聞いただけで、一瞬息が止まった。

「彼女が指を切って」ダッチが言った。

「見せてごらん」

トーリーはリーバーに背を向けたまま首を振った。体がほてり、同時に寒けとめまいに襲われる。彼女は怖かった。リーバーに触れられたらどうかなりそうだ。彼を愛していたし、彼も激しく彼女を求めた。しかし、いまは違う。彼女は来てくれるのを待っているのに彼は来なかった。だからそばに長くいればいるほどいまは辛いのだ。彼女は心をすっかり乱していた。

トーリーはそんな自分の思いがけない激しい気持ちにショックを受けた。今夜も、そしてこれからもリーバーの気をひいたりするのはやめようと思った。そんなことをしても自分がいっそう傷つくだけだ。〝きみにはぼくの恋人になる資格はあるが、最愛の人になる資質はひとつもない〟彼は暗にそう言っているのも同じではないか。

「ダッチ、ブラックジャックを見てくれないか？」リーバーはトーリーの顔からすっかり血の気が引いているのを見ながら心配そうに言った。「右脚がはれていたようだから」

ダッチもいましがたブラックジャックを見たところだったが、彼はリーバーの厳しい目つきを見ると何も言えなかった。彼はくるりと背を向けると何も言わずにうしろのドアから出ていった。

「見せてごらん」

リーバーの声は優しく控えめだった——そしてどこか遠いところから響いてくるように聞こえる。

「大丈夫」トーリーは小声で言った。「ちょっと傷つけただけよ」

彼はそれ以上は何も言わず、蛇口にかざした彼女の手を取って傷口から吹き出る血をじっと見つめている。そして彼にさわられて震えだし、苦しそうに呼吸する彼女の反応をすべてとらえようとした。彼は目を閉じた。

「トーリー」リーバーは苦しそうに言った。「こんなのはいやだ」

「こんなのって?」彼女は弱々しい声でたずねた。

「きみはぼくを愛している」

「でもあなたはわたしを愛していないわ」トーリーはキッチンの窓から見える松や、日の光にちらちらと輝く湖に暗い視線を向けた。「あなたを信じてる」彼女はささやいた。「わたし、あなたから言われていたようにバスの乗車券を買うわ。あなたは自由よ、リーバー。理想の女性を見つけるといいわ。わたしは最高の飛び込み台やプールや、完璧《かんぺき》な飛び込みを探しあてるの。そうして空中に舞い上がり永遠に……」彼女は最後の言葉が消えていくと同時に激しく動揺した。「でもありがとう」彼女の声はか細くとぎれそうだった。「とてもすてきだったわ。あなたに抱かれたときほどすばらしい夢は見たことがなかったわ」

彼女は血が流れるのもかまわずリーバーから手を離そうとした。切り傷は表面だけのものだったが、心の傷は深かった。

「最初の日にきみを町に送るべきだった」彼は急によそよそしい声で言った。彼の瞳は暗く、凶暴な光さえ帯びていた。「ぼくはきみの純潔などほしくなかった。愛しているとも言わずに若い女の子を奪って、後悔するのはいやだったからね。でもきみはぼくの魂を燃やしつくした。だからぼくは、明るい光の中に戻っていくまで羽を休めているだけの都会の娘をものにしたんだ。きみはつまり、ひざが治って完璧な飛び込みができるまで、サンダンス農場でほんの少しの時間を過ごしていただけなんだろう？　ああ、きみに触れなければよかったんだ！」

トーリーのかすかな希望は消えてしまった。「わたしが悪いのよ、リーバー」彼女は消え入りそうな声で言った。「あなたから言われてたんですもの。わたしがあなたの理想の女性にほど遠いことはわかっているわ」

あたりが急に沈黙に包まれると、キッチンの向こうから敷石を踏んでブーツの泥を落とす音がまるで弾丸のように響いてきた。その中からジェドやミラーの声が聞こえてきた。彼らはふたりともトーリーのお手製クッキーがあるかどうか心配しているのだった。

「青い瓶の中にクッキーがあると言っておいて」彼女はそう言うと、震えながらリーバーのそばをすり抜けた。

しばらくしてトーリーがキッチンに戻ってくると、そこにはもうクッキーもカウボーイたちもリーバーも見あたらなかった。角切りの肉がカッティングボードの片隅にきちんと寄せられている。リーバーが彼女のためにそうしてくれたにちがいない。彼女は震える手で大きな肉の塊に調味した小麦粉をまぶし、焼き色をつけてからぐつぐつ煮こんだ。そして煮えるまでのあいだにチェリーパイを四つ作った。

彼女は何も考えまいとしたが、それはむりだった。夕食のときには、リーバーのすぐそばに座っているのが精一杯だった。

〝ああ、きみに触れなければよかった〟彼女はリーバーの言葉を思い浮かべた。

しかし彼は彼女に触れた。何ものも、その事実を変えられない。彼女は報われることのない愛に耐えるしかなかった。

「トーリー、ばかげたダイエットか何かしてるのかい?」ダッチがたずねた。「ほんのちょっと手をつけただけじゃないか」ダッチは不満そうに言った。「きょうでもう五日目だ。だからダイエット中かと思ったんだ。おせっかいは言いたくないがね。それ以上やせる必要などないよ」

トーリーは皿に目を伏せた。さっきから口に運ぶかわりにシチューを皿の一方に寄せたり、堅パンを砕いたりしていた。リーバーに小さな牧場に連れていかれ、思わず真実を口走ってしまうまで抱かれたあの日から、食事のときはいつもそんな状態だった。

「あ……わたし……さっきクッキーを食べすぎて」彼女は嘘《うそ》をついた。「食欲がないの」

ダッチは疑わしそうな視線を彼女に向けたが何も言わなかった。

「きょう、きみの畑を見たよ」ジェドは堅パンをもうひとつ取りながら言った。「リーバーが溝に管を取りつけたからみんな元気がいい。だけどビーンズにはもう少しあの肥料がいるみたいだ。あした町に行ったら買ってこようか？」

「そうしてもらえれば……」彼女は咳《せき》払いをした。「それより一緒に行ってもいい？」

彼女は早口でたずねた。「わたし……ちょっと用事があるの」

ジェドは一瞬驚いたが、にやりとして言った。「もちろんだよ。ぼくがまだ二一じゃなくて残念だけど、きみに初めておおっぴらに飲めるお酒をおごるよ」

トーリーはリーバーが急に探るような目で見たのを感じた。

「え、なんのこと?」彼女はたずねた。

「あした二一になるんだろ?」ジェドは続けた。「それとも来月だったかな?」

「あしたは三〇日?」トーリーはたずねた。

「そうなるね」ジェドは堅パンにバターを厚くつけながら言った。

「まあ……そうよ、わたしの誕生日だったわ」

「いちばんいいジーンズをはくんだ」ジェドは言った。「お昼をおごるよ」彼は隣の男にウインクした。「な? 年上の女性にはそうしてきたんだ」

リーバーのフォークが皿にあたって音をたてた。トーリーはそれには視線を向けず、さっききちんと皿の一方に寄せてしまった湯気の立つ香りのいい料理を見つめていた。周りでは、カウボーイたちが彼女の誕生日をどうやって祝おうかと議論している。でも、どう誕生日を祝ってくれるにしても主役はもういないのだ。

「だけどみんな、心配ご無用さ」ジェドはうれしそうに続けた。「誕生日であろうがなかろうが、夕食を作る時間までにはトーリーを連れて戻ってくる。そうでないとみんなに皮をむかれるからね」

今度はトーリーのフォークが音をたてた。彼女は戻らないつもりだった。深く愛した人から報われないまま、これ以上サンダンス農場にいるのは耐えられなかった。彼女はわざと明るくほほえんで立ち上がった。

「オーブンにパイがあるわ」彼女は食堂から急いで出ていこうとした。

「トーリー?」ダッチが叫んだ。

彼女は振り返らずに答えた。「お皿はテーブルにそのまま置いといて。ひざの運動をしたら片づけるから」

トーリーは自分の部屋に行き、ぎごちなさそうに壁につかまってひざや足をぶつけながら、いつもの運動をした。彼女はリーバーのことを考えまいと必死だった。すくなくともひざはだいぶよくなったようだった。はれてもいないし、さわっても痛くなかった。それに脚を引きずらなくなって久しい。その意味ではこの農場は医者から言われたとおりの場所だった。

トーリーは運動を終えるとすぐにバッグを出して服を詰め込みながら、なぜこんなに絶望的な気分になるのかと考えた。何カ月か前までは自分がどうしたいのか目標がはっきりとわかっていた……南カリフォルニアのスイミングクラブに戻り、また大好きな飛び込みをする。

戻っていくんだわ……自分の家に。愛したけれど愛してくれなかった男から離れて……。

荷物をまとめている途中で、トーリーはじっと立って窓から月を見ている自分に気がついた。銀色に輝く満月は、まるでけっして守られることのない約束を象徴しているように見えた。

ばかなことを考えちゃだめだと、彼女は自分に言いきかせた。あしたもあさってもその次も見えるのは同じ月、世界は何も変わらないわ。すべていつもと同じ……リーバーとサンダンス農場以外は……そのふたつは消えてしまうのね、これからずっとわたしの目の前から……。

トーリーは急に窓から身を引いた。ロッジはしんと静まり返っている。彼女はそっと歩いていくと食堂の見えるロッジのメインルームに入っていった。男たちはとっくに夕食を終え、半分完成したコテージに行ってしまった。リーバーの姿もどこにも見えなかった。

トーリーは急いでキッチンを片づけて部屋に戻った。べつにリーバーに会うのを恐れて急ぐ必要などないことはわかっていた。彼はこの五日間ずっとそうしてきたように、男たちと一緒にコテージにいるのだろう。そしてわたしが眠ったと思うころまで、ポーカーをしたり冗談を言いあったりしているのだ。それからやっとロッジに戻り、靴を脱いで彼女の部屋の前を通り過ぎ、彼女の部屋からいちばん遠いホールの端の寝室に行くのだ。

トーリーはリーバーが彼女のドアの前をそっと通り過ぎるのを知っていた。彼女は息をひそめて、彼がドアを開けてそばに来てくれるようにとけんめいに祈った。しかしそんなことは起こらなかった。今夜も同じなのだ。わたしを愛していなかったのだから。もうわたしの体を求めてさえいない……彼女は彼の気持ちが変わるのを期待するあまり、これ以上農場にいると自分がどうかなってしまうのがよくわかった。

〝彼を失ったのよ〟トーリーは自分に言いきかせた。〝これまでも失ったものを受け

入れてきたように、この事実も受け入れなければ。そうして自分の生活をうまくやっていくことだわ……〃

トーリーが荷物をまとめおわり、疲れきってベッドにもぐり込んだのは夜遅くなってからだった。彼女は突然、もう耐えられないと思った。ロッジの階段をのぼってくるリーバーの足音がするまで眠れないのはごめんだった。彼がそっとこちらに近づいてくるのを息を殺して待ち、そして彼がドアの前を通り過ぎた瞬間の、あの絶望感を味わうのはもうこりごりだった。

彼女はこれ以上少しでも長く部屋にいるのはがまんできなかった。彼女はシーツをどけてはだしでロッジを通り抜けると、うしろ手にドアを閉めてロッジをあとにした。湖へ向かう小道は月の光に青白く輝き彼女の心をやわらげてくれた。木々の影がくっきりと映し出されている。空気は暖かく澄み渡り、まるで夜は透明で黒い巨大なベルとなり、その音はちりばめられた星にこめられているかのようだった。

湖の縁にそって崖《がけ》が青みがかった灰色にきらめいている。彼女はよく知っている小道をすばやく登った。よくここへ来ていちばん低い崖に腰を下ろし、刻々と色調を変える青い湖を見下ろしたものだった。今夜は風が少しもなく、湖の表面は神秘のベールに包まれて静まり返っている。それはまるで夜そのもののように計り知れないほど深く、じっと動かずに彼女の足もとに広がっていた。月は水面に鋭い光を投げ、痛々しいほど輝いている。

トーリーは崖の縁にある平たい花崗岩《かこう》に腰を下ろして、広がる闇《やみ》と月の光に見入った。湖の表面は、まるで二一歳の誕生日の前夜に彼女が自分の人生について考えたことを、かすかに光る黒いスクリーンに映し出しているかのようだ。彼女はこれまでけんめいに自分の居場所を求めてきた。しかしそうするためには、気難しい男たちに気に入られなければならなかった。最初が父であり、つぎには継父《ままちち》、そしてコーチたち、最後がイーサン・リーバーだ。

そしてどのケースも失敗に終わった。しかもリーバーとの場合はもっともひどい失敗をし、ひどい打撃を受けた。

彼女はすぐにも、バス券を買うつもりだった。そしてもはや望んでもおらず、しかも回復できないほどひざを傷めるかもしれない世界に戻ろうとしていた。自分の部屋で熱心に、そしてときには苦しいほどひざの訓練をしてきたが、心の中では右ひざはもう二度と左ひざと同じ強さにはならないだろうという気持ちがだんだん強くなっていた。普通には違いはわからないだろう。しかし、世界じゅうを相手にする競技の場ではこのアンバランスが成功と失敗の分かれ目となるかもしれない。

〝狭くて不自然で寿命が短いオリンピック競技の夢、そんなところから飛び出してもっと広い世界を見ることです〟

スイミングクラブがトーリーの家庭の代わりになったのはほかに安らげる場所がなかったのと、何よりも飛び込みが好きだったからだ。

イーサン・リーバーを知るまでは……。

そして豊かな土地……彼女は自分がこの土地を心から愛していることも知った。彼女は夜、自分の足音と息づかいと鼓動しか聞こえない静けさに浸って散歩するのが好きだった。人里離れて季節の移ろいを無限に重ねてきた大地にたたずむのは喜びだった。郵便車から降り、肥沃《ひよく》な土地にそびえる遠くの藍《あい》色の山々を見たときから、彼女の中の何かが小さな芽を出し、大地に深く根を下ろしはじめた。いまでも彼女は自分がその山々に向かって伸びていき、大きく成長し、美しさと静けさとかぐわしい空気を吸うのを感じることができた。

〝わたしは都会で生まれた。でも本当は大地のために生まれてきたのだ〟

トーリーはそう確信するとなぜかほっとし、しびれるような痛みが薄らいだ。あすの朝ここを発《た》ったら、どこか山あいの静かな、優しい緑が風にそよぐ新しい土地に行こう。そこで料理人かウェイトレス、会計係、ベビーシッターなど、適当な仕事を見つけて落ち着くのだ。山々と季節に囲まれて暮らすうちに、すくなくとも自分の心のどこかに安らぎを見いだせるかもしれない。心の痛みも時とともに回復するかもしれない。

でも最後に一度だけ、ほんの少しのあいだ、銀色の風に舞う一枚の美しい木の葉になろう……。

「今夜はちょっと変だよ、だんなさん」ダッチは現金の代わりに使う数取り札をかき集めながら言った。「そんなやりかたは初めてだ」

リーバーは顔をしかめた。ロッジのスクリーンドアが開いて閉まる音を聞いてからというもの、カードなどやっている気分ではなくなった。彼はトーリーが何をしているのか気になってしかたがなかった。泣いているのだろうか？　それともただ散歩をしているだけだろうか？　瞳に明るさが戻っただろうか？　それとも、いまもまだやつれた顔をしているのだろうか？

〝二一歳という若さはどんなものだろう……〟彼は自分の胸に問いかけた。〝彼女は普通よりずっと大人のはずだ。純潔を奪われ捨てられたのだから。しかし彼女がいったいおまえに何をした？　いつもおまえが望んでいて実現しなかった理想の恋人になったこと以外に。それなのにおまえは彼女を避け、そして彼女を苦しめているのだ〟

〝そしてぼくは〟彼は暗い気持ちで思った。〝生きていくことがこんなに辛いなんて思ってもみなかった。あの愛らしい都会育ちの娘は、ただちょっと、この地に寄り道しただけのことなんだ。彼女は若すぎて本当の愛がどんなものかまだ知らない。だがぼくは知っている。それは不朽の大地にも似た……肉体と魂の炎だ。彼女はそれを知るには若すぎる。ぼくに抱かれて自分を失い、どんなに優しい言葉を吐こうとも……

ああ、きみに触れなければよかった。きみを行かせるのは身を切られる思いだ〟

じっと見返す彼女の顔、笑ったり泣いたりしている顔が、頭の中で青白く痛々しい表情に変わった。きりきりと痛むリーバーの胸の奥に、彼女の呼ぶ声が響いた。彼女は愛のために自分を無条件で彼に与えたのだ。

〝若すぎる！〟

リーバーは男たちが黙ってじっと彼を見ているのに気がついて、カードを握りしめる自分の手を見つめた。ゆっくりと手を開くとしわになったカードがテーブルに落ちた。彼は何も言わずに立ち上がると外に出ていった。

トーリーは馬小屋にもロッジのうしろの小さな牧場にも見あたらなかった。

リーバーは湖に続く三つの小道のひとつをしっかりとした歩調で進んだ。懐中電灯の必要はなかった。あたりは月の光に満ち、字が読めるほど明るい。小道は松の木立を通ってなだらかに湖に続いている。岸辺に下りるすぐ手前で、もう一本の小道が低い花崗岩の崖に向かってくねくねと続いている。リーバーはそちらの道は見ようともしなかった。彼はトーリーが月の光に包まれて、さざ波の立つ水面を見ているのではないかと思った。

しかし、岸辺にはだれもいなかった。がっかりしたリーバーはごつごつと岩の多い岸辺をもう一度捜したが、それでもトーリーはいなかった。彼は岸辺を歩きながら、もしかしたら崖の陰に隠れているのかもしれないと思った。

岸辺の真ん中まで来たとき、彼は青白い影が動いたのに気づいた。右手を見上げると低い花崗岩の崖が月の光に青みがかった灰色に輝いている。彼は自分が目にしているものがなんなのかに突然気がついてぞっとすると同時に、信じられなかった。

トーリーがあまり静かに座っていたので彼は見過ごしていたのだ。彼女はやがて立ち上がり、パジャマを脱ぎ捨てた。彼女は生まれたままの姿で崖の縁からいったん離れ、ダンサーのように優美に振り返るとふたたび縁に向かった。緊張感をみなぎらせ一歩一歩、歩調を速める彼女の意図は明らかだった。

〝だめだ！　やめろ！〟

しかしリーバーの叫びは声にならなかった。もう遅かった。トーリーは崖の縁から飛び上がった。両手を広げ体を美しく弓なりにして空中に浮かぶその姿は、スワンというその技の名のとおり、本当に彼女が白鳥になったように見えた。最後の瞬間彼女は両手を頭上で合わせ、体をまっすぐ伸ばして下降した。そして真夜中の湖に完璧に着水した。水面はほとんど乱れなかった。

トーリーが水面に顔を出し、岸辺に向かってあざやかに泳ぐのを見てリーバーは深いため息をついた。彼は自分が震えているのをぼんやりと感じた。彼女は水から上がると岸辺に続く長い花崗岩の岬を歩いた。しかし瞳は崖に向けられていたので彼には気がつかなかった。彼女はためらわず、小道をまた頂上に向かって登っていった。

リーバーは彼女を呼びとめることができたかもしれなかったが、優雅に飛び込むその姿に息をのんで立ちすくんでいた。彼はそのような飛び込みが可能だとは知らなかった。

彼女はもう一度崖の縁に歩いていき、振り返って何歩か離れ、また振り向いてぎりぎりまで長い脚で進んだ。そして脚を曲げ弧を描いて飛び出した。彼女は腰を折り曲げ、月の光に輝きながら回転し、ゆっくりと円を描いてもう一度着水した。やがて水面に現れ、ぼんやりと見える花崗岩の岬に向かって泳いでいった。

かもしれない。

リーバーは彼女がまた崖の小道を登るのを見つめていた。まるで月光の化身のようだ。もし、花崗岩の岬の濡《ぬ》れた跡に気づかなければ、彼は夢を見ているのだと思ったかもしれない。

やがて彼女はふたたび闇の中に飛んだ。今度は腕を深く組んで体を丸め、竜巻きのようにすばやく回転して最後の瞬間に体を伸ばして、ほとんど音もなく着水した。崖に登り、飛び上がり、回転し落ちていく――彼女はそれを何度も繰り返した。そしてそのたびにいっそう複雑で異なった美しいフォームを見せた。

リーバーは彼女の技に茫然《ぼうぜん》として見とれていた。人間の体がここまで優雅に、そして厳しい訓練によって完璧になれるのを初めて知った。これほど完全なものが可能だとは想像したこともなかった。しかし彼女の並はずれた優美な技を無言で賞賛する一方で、彼は自分の心が果てしない闇に沈んでいくのを感じていた。

彼はまちがっていた。ビクトリア・ウェルズはけっしてただの若い娘ではなかった。彼女は何が本当で何が本当でないか、何が長続きし何がその場限りのものか知っている。難しい飛び込みを優雅にこなす体そのものが、そう叫んでいるように見えた。彼は年月を重ねた努力と修練のたまものを見つめた。はるかかなたの目標のために、長いことそうした犠牲を払うことができる大人はほとんどいない。それなのにトーリーは子供のときからそうしてきたのだ。夜に包まれ、完璧に回転しながら落ちていく彼女の美しい体の線がそれを物語っていた。

じっと立って見ていたリーバーは、自分が今夜来たのは彼女を見つけて抱き締め、胸の痛みがなくなるまで愛するためだったことに突然気がついた。

それなのに彼は彼女を失い、残されたのは胸の痛みだけだった。

〝おまえは彼女を本当に自分のものにしたことなどなかったんだ〟リーバーは自分の胸に言いきかせた。〝彼女を見ろ、おまえもほかのだれも彼女をひとりの人間として見たことがなかった。おまえは彼女の体を喜ばせたかもしれないが、一生の仕事や夢で張りあうことはできなかったのだ。ついに理想の女性に出会ったが……あまりにも遅すぎた。彼女には別の人生があり、夢がある。そして彼女はそれらすべてを勝ち取ってきた。おまえにできるのはさよならを言うことだけだ〟

リーバーは彼女が何度飛び込んだかわからなくなり、時のたつのも忘れてあまりの美しさと絶望に立ちつくしていた。やがて彼女がかすかによろめいて水から上がってくると彼はほろにがい夢から覚めた。彼は暗がりから近づいていき彼女を抱き締めた。彼女の肌は濡れて冷たく月の光のように青白かった。彼は震える彼女を見下ろし、抱き締めると、自分が計り知れないほど貴重なものを失ったのをあらためて悟った。

「わたし……」トーリーはリーバーのうつろに曇った瞳を見上げて声を詰まらせた。「さよならを言いたかっただけなの」彼女は相手の沈黙と暗く激しい情熱が怖くなってささやいた。

リーバーは彼女をいっそうきつく抱き締め、軽々と抱き上げるとロッジに向かった。彼女はうっとりして彼を見つめた。そして彼の顔に刻みこまれた深い悲しみに涙を流さずにはいられなかった。彼のぬくもりに包まれていると真夜中の湖の冷たさも忘れ、この一瞬こそが真実に思えてきて、もう孤独のうちに目覚め彼を求めて嘆き悲しむことなどないような気がした。

リーバーは何も言わずに彼女を自分の部屋に連れていった。銀色の月の光が窓辺にあふれ、あたりは別世界のようだった。彼女はベッドに下ろされるのを感じて震えた。

「リ……リーバー？」

彼の唇がそっと彼女の口もとに触れた。

「ぼくにもさよならを言わせてほしい」彼は言った。

その言葉は彼女の胸にナイフのようにつき刺さったが、彼女は泣きわめいたりしなかった。彼女はリーバーをあまりに深く愛していたので、彼からも自分のかなわぬ夢からも顔をそむけることができず、ただ彼が服を脱ぐのをじっと黙って見つめていた。

やがて彼の温かい体に包まれると彼女は涙に濡れた。

リーバーは彼女の首に顔を押しつけ、二度と離すまいとするようにしっかりと彼女を抱いた。彼女は熱い涙を流しながら、彼が震えているのは欲望のためではないのだと思った。トーリーはわけもわからぬまま彼の苦しみをともに分かちあいたくて、そっと泣きながら彼を抱き締めた。

やがてリーバーは手をゆるめ、彼女のまぶたにキスして目を閉じさせた。彼女に見つめられていると自分の決心を忘れ、行かないでくれと言ってしまいそうだったからだ。

しかし唇を重ねると、われを忘れそうになった。これから果てしなく続く日々をひとりでどうやって生きていったらいいのだろうか？

「ぼくはきみが出ていくと言ったとき」彼は言いながら彼女の首や肩、頰骨、そして唇にキスをした。「きみはただひざが治るまでぼくを利用しただけなんだと思った」

彼は何か言いたそうな彼女を制して言った。「いや、ぼくがなぜ今夜怒っていたのか説明させてくれ。ぼくの難しい性格だけを思い出に持っていかれるのはいやだ」

彼がとろけるように甘いキスをすると彼女も緊張がほぐれ、いつしか彼に熱いキスを返していた。激しく唇を重ねあうふたりにはキスの終わりはせつなかった。

「知らなかった」リーバーは彼女の胸のふくらみに唇を寄せてささやいた。「きみがこんなすばらしい飛び込みをするなんて」彼は張りつめた胸の先端に唇を寄せた。

「人間の体があれほど美しくなれるのも知らなかった。ぼくはそれをきみに今夜教わった。ぼくは死ぬまできみの飛び込みの美しさを忘れない。信じられないほど優雅で完璧な……」彼はいっそう声をひそめた。「きみはぼくの心を引き裂いた。失ってから気がついたんだ。ぼくが心底求めていたのはきみだった」

リーバーは彼女の口もとをそっと押さえ、訴えるような泣き声を静めた。「何も言わなくていい」彼は声の震えを隠しきれずに言った。「きみが悪いんじゃない。きみはぼくに美しさだけを与えてくれた。そしてぼくはきみに……」声が途切れ、ふたりは沈黙に包まれた。「もういいんだ」彼はまた穏やかに口を開いた。「ぼくにはきみがなぜ去っていくのかわかる。それを知ってほしかっただけだ。きみが築いてきたものに匹敵するものなどここには何もない。ここには飛び込み選手としてのきみの将来に対抗できるものはただのひとつもない。ましてそれがぼくみたいな者の愛などであるはずはない……」

トーリーはわなわなと震え、突然、彼の手から顔をそむけた。「リーバー、ああ……」彼女は考えることさえ怖かった。「本当にわたしを愛しているの？」彼女はささやいた。

彼は思わず彼女を抱き締めた。「ぼくはきみをバスに乗せなければならない。そうしないといつかきみはぼくを嫌うようになる。ぼくがきみの夢を奪い、ぼくがしたことを愛と呼んだことに怒りを覚えるだろう。それはぼくには耐えられない。たとえきみを失っても、きみの純潔を奪ったと同じ方法できみの夢を奪うことだけはしたくない」

彼女は彼の暗い瞳を見つめ、その言葉に偽りのかけらもないことを感じ取った。

「今夜、何に別れを告げていたかわかる？」

「夏にだろう？」彼はそう言いながら胸に顔を寄せた。「きみは何も知らなかった自分とサンダンス農場と、そしてぼくに別れを告げていた」

「違うわ！」彼女は彼の顔を自分のほうに向けて訴えるように言った。「リーバー、わたしは飛び込みに別れを告げていたの。あなたにじゃないわ！」

彼は喜びに身震いしたが、苦しそうな表情は消えなかった。「信じられない」彼は優しく言った。「きみの飛び込みは完璧だった。なぜ諦《あきら》めることがある？」

「片足が一生不自由になる危険を冒してまでやる価値はないわ」彼女はおいそぎで言った。「二、三カ月前まではそうは思わなかったけど、いまは違うの。あなたはわたしを農場から追い払うことはできるけど、わたしの決心は変えられないわ。わたしは二度と飛び込みの世界には戻らない。飛び込みの選手としてのわたしの人生は終わったのよ」彼女はさっき彼にされたように、彼の口もとにすばやく手をあてた。「お願い、最後まで聞いて。飛び込みはわたしにとって安らぎの場を見つける手段だったの。でも、もうそれをする必要はないわ。わたしは山や草や松や風のために生まれてきたの。サンダンス農場こそわたしが求めていた家庭そのものだわ」

リーバーは彼女をじっと見つめた。ふたりは長いこと沈黙に包まれていた。やがてトーリーはそっと彼の名を呼び、愛の言葉を優しく繰り返した。彼は唇を重ねて言葉を奪った。

「違う」リーバーは顔を上げ、彼女の瞳を見つめて言った。「きみはぼくのために生まれてきたんだ。サンダンス農場のためにじゃない」それから、ひとつになろうとするかのようにしっかりと彼女を抱き締め、キスをして言った。「ちょうどぼくがきみのために生まれてきたように。愛しているよ、トーリー。本当はずっと愛していたのに気がつかなかった……」

彼の言葉が彼女の言葉となり、やがてふたりはともに愛を誓いあった。そしてふたりは手に手を取りあって、生涯続く美しい愛の家の扉を開いた。

●本書は、1988年7月に小社より刊行された作品を
文庫化したものです。

あなたの瞳に溺れて
2010年10月15日発行　第1刷

著　　者／エリザベス・ローウェル
訳　　者／今谷朝子（いまたに　あさこ）
発 行 人／立山昭彦
発 行 所／株式会社 ハーレクイン
東京都千代田区外神田3-16-8
電話／03-5295-8091（営業）
03-5309-8260（読者サービス係）

印刷・製本／大日本印刷株式会社

ISBN978-4-596-91434-7

太陽の谷
エリザベス・ローウェル
平井みき 訳

涸れた牧場に水を引きたいホープの前に、ハンサムな流れ者の水質学者リオが現れた。水源が見つかれば彼は去ると知りつつ、ホープは愛に身を投じるが…。

思い出は裏切らない
エリザベス・ローウェル
伊藤里紗 訳

洞窟学者のジョイの心は激しく揺れ動いていた。資金調達のためとはいえ、よりによって6年前に私を捨てた男から取材を受けなければならないなんて！

愛の還る風景
エリザベス・ローウェル
みき 遙 訳

世界各地を転々として育ったシェリーは普通の結婚生活に憧れていた。そしてついに理想の男性と出会うものの、彼は平穏な暮らしとは無縁のタイプで…。

孤独という名の仮面
エリザベス・ローウェル
遠藤玲子 訳

弟代わりのデリーの頼みで、実業家ホークとともに視察旅行をすることになったエンジェル。互いに惹かれ合うものの…。全世界が涙した伝説の感動作。

時のない楽園
エリザベス・ローウェル
鈴木たえ子 訳

嵐の海で、ジャナはレイバンというたくましい男に救われた。惹かれあう二人だが、彼の心にはある女性がいて…。『孤独という名の仮面』関連作。

夏の恋はミステリアス
エリザベス・ローウェル
安藤智子 訳

馬術選手のレインは政府高官の娘。諜報員のコードと衝撃的に出会い強く惹かれ合うが、安心を求める彼女にとって、彼は恋をするには危険すぎる男だった。

ハニーは涙を流さない

スーザン・アンダーセン
平江まゆみ 訳

富豪の少年とトレーラー育ちの少女。人生最悪の2週間を支えあった二人は15年ぶりに再会するが、そこには切ない恋と、見えない魔の手が潜んでいた。

光と影

ヴァイオレット・ウィンズピア
細郷妙子 訳

デボラは孤島の美しき邸で、冷静沈着な秘書として仕事をこなしていた。傲慢なスペイン貴族に出会うまでは…。上品かつ情熱的なクラシカル・ロマンス。

君といたあの頃に（上・下）

ジュディス・マクノート
片桐ゆか 訳

心優しき令嬢ダイアナは淡い想いを抱きながら、年上の大学生コールと友情を育む。だがある事件が二人を引き裂いて…。人気作家が丹念に仕上げた純愛巨編。

愛は魔法でなく

スーザン・マレリー
三好陽子 訳

一流の女性諜報員となったジェイミーは、憧れの教官ザックとかつて愛を交わしたキャビンで彼を待っていた。7年経っても、色あせることのない思いを胸に…。

魔法が解けても

キャンディス・キャンプ
竹原 麗 訳

アンジェラは理系人間ばかりの家族の落ちこぼれ。そんな彼女の会社の危機を救いに来たのは、かつて彼女をばかにした堅物男だった。12年ぶりの再会は!?

めぐりあえた愛に

ジェイン・A・クレンツ
細郷妙子 訳

父の決めた結婚相手は、会社の利益を最優先させる悪魔のように非情な男。あたたかい家庭を築きたいジェシーの理想とは正反対の人物に思えたが…。

オハーリー家の物語 I
ミスティーモーニング
ノーラ・ロバーツ
立花奈緒 訳

亡き夫と金目当てに結婚したと思われていたアビー。彼女を取材する作家ディランもその一人だったが…。華やかなオハーリー家の恋を描いたシリーズ第1話。

オハーリー家の物語 II
ムーンライト・ダンス
ノーラ・ロバーツ
佐野 晶 訳

マディが一途に想う相手は、主演するショーの出資者リード。だが彼は恋愛感情を持つことを恐れていて…。華やかなオハーリー家の恋を描いたシリーズ第2話。

オハーリー家の物語 III
デイライト・クイーン
ノーラ・ロバーツ
三谷ゆか 訳

女優シャンテルは元諜報員のクインに警護についてもらうことに。彼の強引な仕事ぶりに反発し何度も衝突するが…。華やかな一家の恋模様を描いたシリーズ第3話。

オハーリー家の物語 IV
マイ・スイートハート
ノーラ・ロバーツ
三谷ゆか 訳

闇組織に家族を誘拐されたジリアンは、敏腕スパイのトレイスに助けを求めたものの、冷たい態度をとられ…。華やかな家族を描いた人気シリーズ、ついに最終話！

孤独を抱いて眠れ
スーザン・ブロックマン
黒木恭子 訳

心の傷を隠し、トラブルメーカーの仮面をかぶるウェズ。彼の本当の姿に気づいたブリタニーは…。最高潮を迎える〈危険を愛する男たち〉第11話。

ホテル・インフェルノ
リンダ・ハワード
氏家真智子 訳

ダンテが経営するカジノでの火災は、敵対する一族の陰謀だった。人知を超えた能力が、いま愛を賭けて解き放たれる！ 人気パラノーマル3部作、待望の第1弾。